相约名家·冰心奖获奖作家作品精选

高长梅　王培静／主编

看见的日子

周伟

著

九州出版社
JIUZHOUPRESS　全国百佳图书出版单位

图书在版编目（CIP）数据

看见的日子 / 周伟著. -- 北京：九州出版社，2013.5（2024.4
重印）

（相约名家 ·冰心奖获奖作家作品精选 / 高长梅, 王培静主编）
ISBN 978-7-5108-2099-1

Ⅰ.①看…　Ⅱ.①周…　Ⅲ.①散文集 – 中国 – 当代
Ⅳ.①I267

中国版本图书馆CIP数据核字（2013）第083834号

看见的日子

作　　者	周　伟　著	
出版发行	九州出版社	
地　　址	北京市西城区阜外大街甲35号（100037）	
发行电话	（010）68992190/3/5/6	
网　　址	www.jiuzhoupress.com	
电子信箱	jiuzhou@jiuzhoupress.com	
印　　刷	三河市恒升印装有限公司	
开　　本	710毫米×1000毫米　16开	
印　　张	9.5	
字　　数	136千字	
版　　次	2013年5月第1版	
印　　次	2024年4月第12次印刷	
书　　号	ISBN 978-7-5108-2099-1	
定　　价	49.80元	

出版说明

　　冰心是我国现代文学史上著名的作家，她的儿童文学作品和散文在中国文学史上占有重要位置。

　　这里所说的"冰心奖"包括"冰心儿童文学艺术奖"和"冰心散文奖"。

　　"冰心儿童文学艺术奖"创立于1990年。创立以来，它由最初的单一儿童图书奖，发展为包括图书、新作、艺术、作文四个奖项的综合性大奖，旨在鼓励儿童文学作品的创作出版，发现、培养新作者，支持和鼓励儿童艺术普及教育的发展。其中，"冰心儿童文学新作奖"与"宋庆龄儿童文学奖"、"陈伯吹儿童文学奖"、"全国儿童文学奖"并称国内四大儿童文学奖。

　　"冰心散文奖"是一项具有权威的全国性的散文大奖。冰心生前曾是中国散文学会名誉会长，"冰心散文奖"是遵照其生前遗愿而设立的，旨在彰显我国散文创作的成就，不断评选出题材广泛、思想敏锐、着力表现现实生活，创作形式风格多样的优秀散文。"冰心散文奖"是与"茅盾文学奖"、"鲁迅文学奖"并列的我国文学界散文类最高奖项，也是中国目前中国散文单项评奖的最高奖。

　　《相约名家·冰心奖获奖作家作品精选》共收录近年来荣获"冰心儿童文学艺术奖"和"冰心散文奖"的三十位作家的作品。这些作品无论是小说还是散文，或抒写人间大爱，或展现美丽风光，或揭示生活哲理，或写实社会万象，从不同角度给青少年读者以十分有益的启迪。

　　随着中小学课程改革的深入与发展，让中小学生多读书、读好书早已成为共识。我社推出本套大型丛书，希冀为提升中国的基础教育、为青少年的健康成长尽一份力。

九州出版社

目 录
C O N T E N T S

第一辑

山坡上的云朵

看见的日子

眼睛睁开了，你就什么都看见了？

眼睛瞎了，我就一点也看不见了吗？

孩子，听我讲，真的不是那么回事。

孩子，你别老那么看着我。我嘛，几十年了都这样，一天到晚在木火桶上坐着。有人说我木了。我木了吗？我在一丁点儿一丁点儿地嚼着日子。你要说，还不是一粒粒嚼着干豆豉，嘎嘣嘎嘣地响。也对，也不对。一个个日子或酸，或甜，或苦，或辣……我掉下一把口水，它慢慢地从地上变戏法似的长高，一闪，又不见了。再闪出来，一下是笑，一下又是哭，一会儿竟半笑半哭，一会儿却不笑不哭。再看看，胖的、瘦的、高的、矮的，老的、少的，男的、女的，美美的、丑丑的……唉呀呀，这么多日子，怕是在开会哩！

孩子，你不吱一声，我知道你在想事了。别乱点头，我反正看不见你。孩子，你要记着，摇头点头都在一念之间，没把握的事不要说话，不说话没人当你没舌头。再一个，当紧的话一天要不得几句。比如，你这会儿没答话，但我还是看见你在心里想着事儿。想事就好，想着想着，慢慢地想着想着，事儿就在肚子里头想熟了。

孩子，你瞧，门前的小溪在说着话儿，还悠悠地哼唱着小调。风来时也好，雨下时也好，它总是那么从从容容。从容得你不得不佩服它，佩服它的镇定、豁达与远虑。你不会听不见，听听它的音符，感受感受它的节拍，几多的美妙。你不会看不到，披红时披红，挂绿时挂绿，亭亭地立着，十分可爱。孩子，耳朵眼睛不是什么时候都管用的，有时得用脑上心。小溪是细水长流的从容，孩子你呢？不要看我，我和好多好多的日子在说话儿。胖的日子说，心宽体胖好；瘦的日子说，健健旺旺好；素的日子说，吃饱就好；荤的日子也说，还是够吃就好。我讲，千好万好，要的是细水长流，平平安安过，最好！

孩子，对面山里树上的鸟儿在唱歌，在跳舞。再看看，那其实是一个上了树的女娃。她把砍到的柴火丢在了树下，她把一早的重担抛在了一边。上了树的女娃变成了另一个人，把树叶当笛子，把日子当歌唱。下了树的女娃扁担一横，一担柴火挑在了肩上，挑在肩上的还有日子，好沉好沉。孩子，该丢下的丢下，该抛开的抛开，该挑上的挑上。年纪轻轻的，就老是愁啊，累啊，苦啊，悲啊……垒了一身，这样子很不好。孩子，唱歌时就唱歌，跳舞时就跳舞。这样，你的日子也就上了树了。于是，你就看到那山上开满了鲜花，到处是疯长的野草，飞禽走兽们，都在各显神通，表演着杂耍；那山上的树是绿的，风是柔的，气息都是甜的。于是，你就认定那山上绝对住着神仙，神仙的日子哟……

孩子，神仙的日子，要说有，也就有；要说无，本就无。所以，日子里就有了哭声，就有了笑声。孩子，我经历得多了，哭也好，笑也好，那多是你们年轻人的事。大了，老了，你就不会那么随随便便哭了笑了。别不信，我碰到好多好多哭的日子。它们都跟我讲，哭来哭去有什么用呢？

人嘛，是靠水养着，你把一身的水榨干了，还不蒸发了？人一蒸发，什么东西都跑得无影无踪。再说，哭得泪水太多，流成河，也会淹死人的。还不如把哭的时间腾出来，磨磨刀。磨刀好，磨刀不误砍柴功呢！把刀磨得锃亮锃亮，抽出来，一闪，就闪过来一个春天。一刀砍下去，就砍死了一个严冬。孩子，哭字上面两个口，哭字下面一头犬，要哭，你就是小狗狗。看看，孩子，你笑起来了，笑起来好。

孩子，走路是最当紧的！我看见你又笑了，你还在心里头讲：呸，哪个不会走路呢？两三岁的娃娃都会。好吧，就讲门前的这条路，弯弯曲曲，老长老长，有好多人总走不出去，有好多人总是原地踏步，有好多人又走了回头路，还有好多人摔倒了……日子也一样，老长老长，弯弯曲曲，好比门前的这条路。走吧，先上路就是。"路是人走出来的"，路再长，脚再短，还不是一脚一脚丈量完。是的，路上，有时会泥土飞扬，有时会泥泞满路，有时冰雪地冻，甚至路窄坡陡，坑坑洼洼，险象环生……孩子，且莫停下脚步，歪歪斜斜深深浅浅地一路走过，走过去就是了。路的尽头又是另一番风景。你要晓得，路，只会越走越宽阔，越走越温暖，越走越美好。

孩子，你上路了，竟又回头，长长地一望。我晓得，你是怕望不到那片红褐色的泥土，那泥土上的青草地。你无数次地在上面停留，那上面留着你的体温和气息。那么，你就带着一抔泥土上路，带着一缕草香上路吧。天涯海角，你总会感到温暖。孩子，你只要在心中的泥土上种上了草根，浇水，撒肥，一片片嫩绿冒出四季不断，尽管你走得再远，其实很近很近……

我站在阳光下，看着坐在木火桶上的瞎眼的二婆婆，她一下一下地往深如黑洞的嘴里丢进一粒粒干豆豉，不一会儿，就一阵嘎嘣嘎嘣响。响过之后，她黑洞洞的嘴里源源不断地翻吐，一坨坨的都是咀嚼过的日子。慢慢地日子升起来了，二婆婆空空洞洞的瞎眼也升起来了。

孩子，我老了，我看见的日子也老了。

日子也老了？我问。

我又说，二婆婆，你老去了，我都不知怎样待日子。

二婆婆，我只有攒起心劲，天天把日子暖着掖着……孩子，你真的看见日子了……

那一天，二婆婆真的走在一个金色的日子里。当我们焚烧起二婆婆的遗物时，起风了，木火桶滋滋啵啵端端地在禾坪上烧了许久。烧完时，夕阳已经西下，一切皆静了，看时，唯见烟痕淡抹。

从前的美丽

小时候，母亲总爱给他讲一个从前的故事。

母亲每回讲，都要用手摩挲着他的小脑袋，然后瞅着对面那座大山，说，从前有座山，山里住着一户人家。一到傍晚，画中的仙女就从墙上的画里走下来，打扫屋子，收拾家什，缝补衣物，准备饭菜，再打好一盆温热的洗脚水……

他从此记住了这个从前的美丽故事。

他后来到了学校的课堂，虽然懂得了很多的基本常识，但他从没有怀疑过母亲经常讲的那个从前的美丽故事。

但那毕竟是从前，从前的故事了。他要上学，要帮母亲做一点家务和农活，闲暇时和村子里的同龄人一起上树掏鸟、下河摸鱼……也许是母亲过早给他讲了那个从前的故事中的画中的仙女，或者是他青春期那无由的躁动，或许什么都不是，他总爱远远地打量村子里的女人和她们的美丽天空。

夏天，他总是趁和伙伴们去河边洗澡时，看码头上那些洗衣服的大姑娘小媳妇。她们总是赤着脚，把衣袖裤腿挽得老高，把一家老小的衣物都浸泡在水里。在清澈的水面上，她们也不忘照一照自己红润的脸庞，然后满满地掬一捧清水，把脸擦洗了一遍又一遍，洗出自己的美丽和自信。然后，一件件衣服地搓洗着，棒捶着，漂白着，远远地就可以听到她们搓洗出来许多有趣的故事和秘密的家底。若是哪家正在漂洗着的衣物漂着漂着，被水冲走了，"哦——"的一声，他们几个小孩子齐如蛙般蹬脚游去，谁一手捞个正着，再一个猛子扎回码头。

农忙时的女人最美。扯秧时，一株株秧把在一个个女人的手里从田这边抛到田那边，在空中划过一道又一道生命的"虹"。插秧时，女人们个个"蜻蜓点水"，一下子，绿了一片，一下子，又绿了一片，慢慢地绿到了天边。从水塘里或从低处的水田里车水，这大多是女人们的事，也许是女人如水的缘故吧。先把木板水车支好，女人们手持摇把，一上一下，前俯后仰，轻重缓急，和着节奏，晃动身子，扭着腰，一片片水车叶，排起长龙，水随天来。时不时，车叶上有白花花的水被溅起老高，一条三指宽的鲫鱼在欢快地舞动。

农闲时，哪怕只是一时的闲，村里的女人也是闲不住的。母鸡在村子里，没有一个女人不把它看得比自己更重，红红的鸡屁股，女人要把它抠成自家的大银行，指望着孵金子孵银子。所以，孵鸡生蛋再孵鸡再生蛋，循环往复，她们总是十分细心，始终满怀着希望。"咕噜咕噜咕噜"一唤，那只芦花大母鸡带着一窝鸡崽蹒跚着上前来啄食，这时幸福的晚霞已经披满了山村。这些女人对于鞋底，同样有十足的耐心，她们穿针引线，挥洒缕缕不绝的情感，温暖着一双双走出去的脚。在厚实的鞋底上，全是女人们密密的针线，满天的星点。从这里走出去的人，就是走到天边，最终还是会一步一步走回到他从前的小土屋里。

大雪飘飞的冬天，年的气息四处敲打着家家户户的门窗。这时候，他最爱看女人们穿着大红棉袄拖着麻花大辫忙里忙外。先看那个剪窗花，那真个是"金剪银剪嚓嚓嚓，巧手手呀剪窗花，你说剪啥就剪啥。不管风雪有多大，窗棂棂上照样开红花。红红火火暖万家，暖呀暖万家！"再看做那个血粑丸子，打好一桌白白嫩嫩的豆腐，放上一盆红红艳艳的猪血，撮几许盐，配几勺辣椒粉，有条件的家庭，定要切一些肉丁掺在其间。家家的女人用力把豆腐揉碎，翻过来翻过去，调匀配料，一双手血花点点，油光水滑，变戏法似的揉来揉去，把它揉成一团。满满地抓一坨，拍过来拍过去，在左右手掌之间来回地翻滚，如蝴蝶翻飞，女人的手上生花，没几下，就被弄成一个椭圆形的丸子。再去看看打糍粑，本是几个大男人喊声震天地用两根大木棒你一下我一下往臼里夯，但最后如果没有女人们把水沾在手上把它搓成圆形再拓上红红的吉祥字画，就显不出喜庆的气氛。说到底，农村的丰收、温暖和喜庆，其实都在各家女人的手上。

一年到头，男人们总要在年底舒舒服服地歇上几天。家家的女人，都要把床上铺的陈草换掉，一律换上整洁的干草，铺盖都要浆洗一遍。床单下是新换的柔软暖和的稻草；浆洗过的蓝印花被面让他看到水洗过的蔚蓝天空，还有几朵娴静的白云；被里是家织布，浆洗得硬挺板正，贴上去却光滑干爽、柔和暖身。闻着淡淡的稻草香和浓浓的米汤浆香，在那样的夜晚，他总是能够早早地酣然入睡。许多年后，夜晚他睡在城市的高级席梦思上，总是翻来覆去睡不着，一双眼睛遥望着家乡那轮圆圆的月亮和满天的星斗。

母亲生命油灯的光亮一直照耀着他走到了大学毕业。他毕业后分配到这座城市，在城市灯火通明的夜晚，他却常常无由地生出一丝不安和无所适从。许多年过去了，他觉得那份不安和不适应在滋长、在膨胀，他变得更加盲目和烦乱。

他一次一次地回到家乡去。

然而，家乡很多东西都已经远去，村子里空空荡荡，留下来的都是些"老弱病残"，和那荒芜的田园。

他问，都出去了？女的也都走出去了？

他们都抢着跟他说，年轻一点的，走得动的，都出去了。

他没有说话。

他只好又回到他不适应的那座城市里。

他在那座城市有一份人人羡慕的工作，还有一个美丽的妻子，妻子也是一个从农村出来的女孩。结婚前有一段时间，他很高兴，他跟她常讲一些从前的故事，她认真地听着。结婚后，一听他讲从前的故事，她就皱起了眉头。慢慢地，她再也不听了。

终于有一天，他命令自己：忘掉从前，闭嘴不说。但醒着时，他发现自己身体里有一种痛，隐隐地向四处弥散。只有在梦中，他才能回到从前，那些美丽的从前，他常常笑醒。醒来，常常到自家的花园里走走。有一天，他猛然抬头，看到了一朵花在疼痛。

声　响

　　最近的几年，我一回去，母亲就跟我说：你奶奶不知怎么了？一到夜里，她总要生出好多好多无由无端的声响来，一整夜一整夜地不歇。

　　那一晚，我就睡在奶奶卧房的隔壁。房子中间只隔一扇木板墙，木板许是年代久远了，看上去很单薄很陈旧，木板之间的缝隙都大开着口。奶奶不吃夜饭，早早地上床睡了，灯也不开。我也熄了灯，躺在床上，我能感觉到奶奶的鼻息和呵气，还有夜空中弥漫着米汤、南瓜粥和烤红薯的气息。我想，今夜，我会拥有难得的温馨与酣睡了。

　　不一会，窸窸窣窣，窸窸窣窣。是不是我睡的房子里有老鼠？我一向怕老鼠，一下，我坐了起来，忙扯亮了灯，什么都没有。我下意识地感觉到是奶奶那边弄出的声响。我侧耳细听，猜测奶奶是在整理爷爷早年留给她的信件。为了不让奶奶觉察，我熄了灯，借着手机的微光从墙缝裂口看过去，果然不错。

　　今夜，无灯寂静的深夜，无声漂浮的夜色之海上，奶奶看得见那些信吗？看得见过去那些莺飞草长的日子吗？看得见那字里行间涌动出来的情感波涛么吗？窸窸窣窣，窸窸窣窣的响声，在黑夜里，在夜的黑里，在黑沉沉的漫漫长夜里，是那样的近，又是那样的远。

奶奶那边的响声在继续变幻。那声响，或高或低，或长或短，或急促或舒缓，或脆响或沉闷，或细密或松散……

我随着声响完完全全走向一个崭新的世界。小时候，奶奶说我老鼠大的胆子，要不得，要历练！不历练怎么行？你一生要走的路长得很，还要走山路和夜路呢。她先是有意无意地让我一个人走路。我一个人走路的次数多了，也不那样怕了。

我第一次一个人走夜路，是在上初中的那一年。上初中要去公社所在地——柳山中学，六里路有四里山路，山路的一边是岩坎，几丈多深，看一眼，令人不寒而栗。每天上学，天不亮五点起床，吃了饭蒙蒙亮就出发了。去时，我们村子里三个人结伴，大人们还要把我们送到山那边。回来时，我们乡里的中学放学放得早，一般是下午三点，我们三个人结伴蹦蹦跳跳就走在回家的山路上了。可是有一天我参加学校的地区数学选拔赛，村子里的另外两个人没有资格参加，他们那天不要用上学。那天早晨，奶奶特意为我打了两个荷包蛋，还有一个肥肥的大鸡腿哩。我吃了饭早早地出发，是奶奶送我的，一直送到了山那边。那天的比赛老师很重视，上午四节课抄了满满四大黑板的复习题要我们做。下午才是正式的考试，题目很多，考试时间三小时。题目难，但我还是能够对付，虽然不是自己想象的那样轻松，但看看其他的同学一个个咬着笔头，我还是觉得胜券在握。我以往总是不认真地检查，早早地交了卷，总落下了一些遗憾。这回，我吸取了教训。一直检查到交卷钟响，我才满意地踏出教室的门。

走在回家的路上，我很是得意和欢快。满山的野杜鹃竞相盛开着，远远地看去，如花的海洋，有风吹起，波涛翻腾，笑语阵阵。再换一个角度，哇，看——山姑娘穿着多么时新艳丽的衣衫和裙子，抻抻衣衫，抖动裙子，她是多么的得意！我奔走在花丛中，疑是自己也成了万千蝴蝶中的一只，扑翅飞翔，从一朵花到另一朵花，我追逐着醉人的芳香。

　　天渐渐地暗下来了，我丝毫没有在意。一直暗到我头顶的高度时，我才清醒过来。脑袋里嗡的一声：天黑了，我还要回家！我几乎是同时哭出声来：天黑了，我怎么回家？天黑了，我怎么回家？我不知是在问自己，还是在问我的奶奶。但奶奶没有来，我只有一个人回家，我只能一个人回家了……一路上，我几乎是边走边跑，边喊边哭。一大束一大束鲜艳的杜鹃花，被我丢在了地上。走着走着，走进了山路的深处，走进了夜的黑幕里。我一个人，整个山路上只有我一个人，满山的鸟雀走兽没有弄出丝毫的声响。只有我的哭音、我轻轻的脚步声，还有我心跳的咚咚声。我怕，无比的怕，我不时地回过头去。我怕有人追上我，猛兽、强盗、怪物、厉鬼……反正，此时所有怕人的东西我都想到了，所有最坏的后果我也都无可救药地想到了。但也就在此刻，我想到了奶奶，想到了奶奶说过的话。我一遍一遍地对自己说：生出声响来，生出声响来……我要生出声响来！我要生出声响来——我大声地说着话，跟奶奶说，跟妈妈说，跟老师说，跟同学说，自个儿跟自个儿说，我一问一答，我不知道自己在说什么，但我晓得自己的嘴巴一直在不停地说着；我大声地唱着歌，唱《我爱北京天安门》，唱《丢手绢》，唱《我在马路边捡到一分钱》……我拍胸脯拍得嘭嘭响，我觉得一拍一拍，浑身长了胆似的；我又把手甩得哗啦啦响，大踏步地走、半走半跑、一路狂跑，我的脚拍打着每一寸山路，两脚用力地跺地，啪啪地响个不停；我还把手紧紧地握成拳头，握得手心里流汗，捏得指骨头一节一节地毕剥毕剥作响，我知道我的力量还在，在滋长……一路走着，我始终都有一个信念：走，走，走，走过去就是家了！家里有奶奶，家里有红彤彤的煤油灯，家里有烤得喷香的红薯，间或还有两个荷包蛋，浮在油汪汪热腾腾的汤碗里。

　　我走到山那边的大路上，奶奶提着一盏马灯屹立在路口，笑吟吟地看着我。按常规，我应该是一路狂奔扑向奶奶的怀抱，如一只风吹雨打的小船驶向平安的港湾。我却和奶奶距一丈远，远远地站着，如船桅立在夜色之海上。奶奶打量着我，眼睛里闪过一丝不易察觉的东西，但最后是赞许的神情，这让我忘掉了刚刚过去的一切。

以后，这样那样的夜路，我走过了很多次。

路走得多了，对于声响，我有了更多更清醒的认识和思考。

放眼看看，看看我们的乡村，看看我们的乡民吧。那大碗喝酒的场面，最让人激动的是几只大瓷碗响亮地碰在一起，碰出那声清脆的响声，碰出亲情友情的火花。就是那爱情胜火的农家小两口，还要时不时摔个锅碗瓢盆响，来为爱情伴奏，来为生活添味。一塘死水里，哪个小孩子丢下一颗小石子的声响，立即荡开了一片春天和童趣的天地。那春水回环春气弥漫时谷种发芽拱出一两片新绿时的声音，还有那斥牛的长鞭在空中噼啪爆响，那都是生命的声音和力量。干渴的田地里水流的声响，一大片一大片无边的金黄色海洋中的稻涛阵阵，那是在为土地母亲输血为丰收加油为成功鼓掌。那节日喜庆里竞赛的炮响，那是声声祝贺，那是串串笑声，那是个个脸上绽开醉人的花朵……

你只要见过这样的场面，你只要听过这样的声响，你就一定会感觉到：声响是最动人的旋律，声响是最美丽的花朵，声响是最清澈的井水，声响是最香甜的年糕，声响是最令人振奋的力量，声响是最辉煌的火花。是我们的乡村，是我们的乡民，是我们的童年，给了我们这样最朴素最本真的哲理。

如果有一天我们听不到令人心动的声响，或者有一天我们已经懒得生出一丝声响的时候，无疑，那时我们的乡村正在消逝，消逝的还有好多好多给我们温暖让我们怀念的东西。但乡村那些消逝的宝贵的东西只要永远地留在我们的心里生响，我们和我们的世界里就再也不会有黑夜。

生响，生响，生响，生响，生响。

生响就是将不败的花朵绽放在我们每一个人的生命深处，有声有色，多彩多姿。

开枝散叶

30多年来，我一直沉醉在故乡的童年里和奶奶的童话中，我发觉自己生命的情感总是庇荫在荷塘前那棵枝繁叶茂的大树下。

高高大大的奶奶一声喊，我们赶忙住手，一个个如一尾滑溜溜的鱼，一闪，就消失在水塘深处。阳光下的水面，重又平坦如镜，微波粼粼，细碎如银。水中央高低簇拥的二三茎荷还在晃着腰，有一个花骨朵正在伸展着身姿……

奶奶一串笑声，打破了一塘的静，银铃般的，叮当入水，回响在我们耳边。她说，一个个小虾米般，还猫在水里头？我都看见你们一身光溜溜的，一个个闭着眼睛，捏着鼻子，露着肚脐眼儿……这一下，我们羞红了脸，嗖的一下腾空蹿出了水面。

奶奶说，晌午的水毒，赶快爬上来。奶奶立在荷塘前那棵大树下，我们如一群小鸭齐游上岸，围拢在她的周围，聚于高大挺拔的树身下。看着大树开枝散叶，苍翠如伞，为我们遮盖起一方阴凉，我们叽叽喳喳的，一个个都很是兴奋。

奶奶摸着我们一个个小光头，说，荷花仙子可不敢乱碰哩！晓得吗，从前有一个姓张的老汉打鱼为生，一天他正在打鱼，忽见水中一个竹筒冒了上来，随即传出一声尖亮的幼儿的啼哭。张老汉赶忙扔下渔网，抱着竹筒一路往家里跑。原来，竹筒里面裹着个很小的女婴，粉红的小脸如出水的荷花，啊啊呀呀叫唤像唱歌一样，眼睛闪闪的像天上的星星，甚是可爱。据传，这个女婴就是荷花仙子，是因为在上天做错了事，被玉皇大帝罚下人间。后来，荷花仙子被逼返回天庭。她一步一回头，来到门前的那棵大树下，看到开枝散叶的大树，让她想到养育她的张老汉，不觉泪流满面。那泪水滴到水塘里，立刻长出荷叶一片片。她咬破手指，滴着血在手绢上留下几个字，即刻幻化成一朵又一朵粉嘟嘟的荷花。天放白了，张老汉再也找不到女儿了，只见门前的水塘里亭亭地立着墨绿绿一塘荷叶。在荷叶的顶端，是一朵朵粉嘟嘟盛开着的荷花；在荷叶的根部，他看到如女儿白嫩的手臂般的莲藕……

我们一个个听得入了迷，动了情。后来，只要看到了荷叶，我们就想起了荷花仙子，我们再也不忍去摘荷花，就是一节一节的莲藕也怕碰痛了它。

后来，我们爱上了鱼儿，水中欢蹦乱跳的鱼儿。先是最喜好那红艳艳的跃龙门的大鲤鱼，后来就是面对一尺长、巴掌大的草鱼也笑得合不拢嘴，最后连得到一条二指宽的鲫鱼也很高兴。

奶奶看着我们一班"细把戏"忙得欢，起先她也笑呵呵的，后就一下一下地皱起了眉。有一天晌午，奶奶立在荷塘前那棵大树下对我们说：你们一班细伢子别老是钓鱼儿、罾鱼儿、捉鱼儿，连几条漂漂浪（小白条鱼）也不放过，这可要不得哟。我跟你们讲一个故事：有一天，一只爱吃鱼的老猫又扛着鱼竿去塘里钓鱼。他一边流着口水一边说："鱼儿，鱼儿，快上钩。"好半天了，鱼儿们一直都在水底清楚地注视着这只贪婪的老猫。今天，他们早早相约，一群一群的鱼儿游到鱼钩下，密密麻麻的，黑压压的一团，就是不上钩，他们一条接一条，沿着鱼线儿爬，沿着鱼竿儿爬。然后，他们合力一点儿一点儿地把老猫拉下了水塘。老猫浑身都挂满鱼儿，成了一条鱼猫。老猫大声求饶："鱼儿，好鱼儿，我不吃你们还不行吗？"鱼儿不说话。后来路过的老牛、黄狗替老猫求情，鱼儿们才"扑通""扑通"地跳到水塘中去了。从此以后，老猫再也不敢去钓鱼了。

我们相信奶奶的故事，也怕变成鱼猫，不敢没完没了地捞鱼儿。后来，我们进了学堂，知道了奶奶的用心。奶奶没进过学堂，只不过在地主家的药堂里打工时识得不多的几个字。可是，奶奶在我们的眼里，她什么都懂，什么事都难不倒她。有一日，她还是立在荷塘前那棵大树下，问我们：荷叶像什么？大树像什么？我们一个个瞪大眼，不晓得奶奶葫芦里卖的什么药。奶奶又问：像不像一把大伞哟？我们都争着说，像，像，真的像一把大大的伞哩。奶奶说，我们做人啊，不管走到哪，要永远记住自己头上的这把伞！伞是什么？伞是人字加两点。人是什么？人是一撇一捺走得稳。奶奶自问自答。我用手指在地上一笔一笔地画着，人字加两点，应该是个"火"字呢，我喊出了声。奶奶却不点头，要我再想想。奶奶还说，你们也读学堂了，要晓得，一个人在生在世，做人做事，过火不得。我并不认输，反问奶奶：伞字加两点是哪两点？她说，一点就是我们善塘人的善，一点就是正义的义。善就是要好善行，做善事，善良，善举，做事要善始善终。义就是要讲正义、大义、道义、情义、义薄云天，你们见着的圣帝庙里的关二爷（关羽）就是义薄云天。奶奶的一番学问，让我们都惊讶地看着她。

奶奶高高大大，慈眉善目。一村子里的人都爱围着奶奶转，尤其我们一班"细把戏"总爱守护在奶奶这棵大树下玩乐。每到秋收后，荷塘前那棵大树就成了高高的草垛，小伙伴们的家园。一个个，爬上去，跳下来，兴奋异常。尤其当家里人一声声喊（催着回家吃饭或睡觉）、一回回寻人的时候，我们一个个早已钻进草垛里屏息静气，酣酣地睡着了。等家里人走远了我们才钻出来，一个个高高地站在草垛上，欢呼着，雀跃着，为我们的成功而高兴。奶奶神仙似的，总是晓得我们的鬼把戏，但她从不揭穿，挨着草层和我们讲故事。过不了一会儿，一下一个，一下又一个，我们都从草垛里闪出来，围拢在奶奶的身边。在明晃晃的月光下，感觉自己一点儿一点儿地飞上天，遇见嫦娥仙子，她还对我们莞尔一笑哩。小伙伴们你嗅嗅我嗅嗅，都闻到秋风送过来一股股淡香幽幽，沁人肺腑。没走多远，大家一眼瞅见一棵老桂花树，一只雪绒绒的小兔子在树上一蹦一蹦，可爱得很……我们一个个都睡熟了，倚靠在奶奶的身前身后，大伙儿像围成又一个草垛，奶奶就像一棵大树挺立在中间。

　　奶奶一生没有生育，按农村里的旧习俗是个没有"开枝散叶"的人。但在我的心里，在大伙儿的心里，奶奶是个真正开枝散叶的人，是一把给大家遮蔽风雨的大伞。在老家善塘，奶奶的名声在外。谁都晓得荷塘前那棵枝繁叶茂的百年老树下，有一个高高大大的奶奶整日里或坐或立。你若喊声奶奶，她便笑得不得了，欢喜得脱了发髻。院子里老老少少男男女女都喊，喊得溜圆溜圆、滚瓜烂熟、甜美爽口。喊一声奶奶，并非讨她欢心，确实把她当成自家奶奶一样。出门做工，家门的钥匙也放在奶奶手里，需要照料的小孩也都放在奶奶身边。缺个油盐酱醋茶，找奶奶借点先用着。婆媳不和、妯娌争吵、两口子争被角都说给奶奶听，她就啪嗒啪嗒上门去。人未到，一串银铃般的笑声先飘散开了。奶奶善调和，很能解事。这样一来，大家有事就找奶奶，已成善塘人不变的习惯。为生计奔波，家庭窘迫，奶奶一定会解囊相助，你也不要不好意思，也不要怕还不上。爸妈说，你奶奶这个人，坐不住闲不惯，什么事都管，心肠又好，一辈子行善乐施，给人遮阴挡阳蔽风雨……

在一个深夜，黑洞洞的。奶奶不见了，小伙伴们一个个不见了，我看不到田野的绿色，听不见鸟的鸣叫声……还有好多好多童年的美丽和欢乐都不见了。

在梦里，我哭喊着，奔跑着，满村子里地找寻着……最后，我来到荷塘前，静静地立在那棵大树下。恍惚间，大树变成了奶奶，不一会儿，奶奶又变成了大树，高大挺拔，开枝散叶，苍翠如伞。我看到大树，我知道我还生活在从前，生活在从前的美丽童话中。那棵大树，永远是我精神的又一处村庄。

在梦醒之后，好多个积雪的早晨，我看见第一缕阳光冉冉升起，暖暖地照在我们的村子里和荷塘前那棵大树上。小鸟和我们一样，叽叽喳喳、开始了一天的歌唱，歌唱自由，歌唱幸福。这时，一串熟悉的银铃般的奶奶的笑声和话语，响彻在村庄的上空：我们谁也离不开大地的怀抱！

草有千千结

春属木。地生草。

草是春天最早生长的植物，是大地上的精灵。

大地生草木，世上有乾坤。

草，小孩儿般，睡醒了，揉揉眼，蹬蹬腿，伸了个懒腰，探出了头。

一夜之间，发芽，冒尖，露了青，生了色，疯了长。风一吹，草就动，雨洗春来，大地生动了，一片，一片，又一片。

田野里、山坡上、菜园子、路边、田埂、塘坎上、沟壑旁、溪涧……甚至墙角、石缝间、瓦楞上，小草随处可见。草色青青，春光皎皎，野草遍地。伸手摘下一两茎青草，淡淡的草的清香，扑面而来。握在手中，把玩不已，久久不肯弃之。不经意间，把嫩白的草茎含在嘴里咀嚼，丝丝的甜味立马在口里蔓延开来。咦，好个春天的味道！

斗草，是儿时小伙伴们最爱玩的游戏。随手扯一根青草，握在手间，对折，交叉成"十"字状，然后各持一端用劲拉扯，断者为输。弄泥斗草间，终日乐陶陶。我们在一天一天地长高、长大。现在回想起来，简单的快乐，才是真实真正的快乐。其实，简单本身就是一种快乐；快乐，其实就这么简单。

有月光的夜晚，草垛是我们的好去处。爬上高高的草垛，双手叉腰，俯瞰一切，幸福和威武的感觉袭上心头。从草垛上时不时跳下来，向下飞翔，向着大地飞翔，一次又一次，无比踏实、稳健和安全。我们一个个，像一粒粒滚落一地的果实，饱满而又欢畅。向下飞翔，向上生长，是我们一生真实和坚定的生活方式。所以，我们尽管进入这个浮泛的尘世，却一直不会迷失自己的方向和目标。

在故乡，我和伙伴们常爱在草垛里捉迷藏，或者靠在草垛上数着天上的星星。一颗星、两颗星、三颗星……星星向我们眨着眼，把我们美好的愿望带到了天上。很多的时候，我们一任把自己埋在草垛里，撒手叉脚，呼呼大睡，做着我们各自的黄粱美梦。半夜了，鸡叫了，狗咬了，我们还是一个个不愿离去，不肯归巢。我想，我们一个个，是不是早已把天地当家、草垛当房，把温暖的软绵绵的干草堆当做母亲宽大的怀抱了？

草垛高高，幸福的草垛高高在上，谁都想把它高高地垛起来。也许，只有在垛草的过程中，只有在草的密集里，只有在童年深处的秘密中，才能让人瞬间明白：没有那来自低处的一根根的青草，高处的幸福不会从天而降，温暖的怀抱只会虚空和没有着落。

草垛是家，草人即人。在稻谷快熟的时候，田野里到处站立着草人和忙碌的草民。此时，平凡的草民早成了将帅，默默的草人皆为兵卒，整装待发。一阵锣响，声声喊叫，彩旗猎猎，热血沸腾，气势恢宏。放眼四望，那些鸟儿高高地盘桓、盘桓，最后都

飞向远方，徒留下天空的蓝，还有大地上的丰收与和谐。那场面，那气势，那精神……让天地为之动容。在村庄的上空，"嗨哟嗨哟嗨哟嗨……"的劳动号子，此起彼伏，响彻云霄，然后又从高空中飘飘忽忽地落下，实实在在长长久久地在大地上回响。风吹过，大地上春意盎然，生机勃勃，如火如荼。一到秋收过后，成片成片的田野上，稻草捆成的一个个草垛子，如人一般，一撇一捺，立在田野上，整齐列队，成队成林，胜过千军万马，好不威武雄壮，好不壮观美丽。如今，村子里，人去楼空，空旷的田野上，田地荒芜，稻草三三两两扔在田间地头，孤零零的。偶尔，发现一两个草人，甚是静谧、肃杀和凄凉。但它们还是那样兢兢业业，勤勉不倦，缄默不语，不遗余力地守护着田野。这些田野的守望者，站成一尊尊大地上生动的雕塑，千年万年终是永不褪色的记忆。

稍长大一些，农家的孩子就要挑起生活的重担。我记得，清晨早起割青草是我们一班"小把戏"每天必须的功课。一个个脚上沾了泥泞，眼睛里跑进露水，但我们却是那般的欢快，吹着口哨，脚步轻快，脸上灿烂如花。在弯曲的山路上迅跑如飞，眼睛发亮，跳着跑向草色青青的地方，忽上忽下，忽左忽右，唰唰地挥起镰刀，一刀接着一刀，一刀快似一刀。

那时，我有一个秘密，最爱跟在草玉姐屁股后面去割青草。草玉姐含着叶笛，梳一根大辫子甩在脑后。上了山，极随意地挽成一个蓬松的蝴蝶状，顺手摘一朵山茶花，插在头发上，又嫩又润，绰约多姿。一件红花布

上衣，又短，又窄，显得有些年月了，但红花鲜艳如初，白底洁净似新。就是这件短瘦的红花布上衣，把草玉姐的宽肩、丰胸、蜂腰和肥臀大大方方地显山露水。更妙处在草玉姐弯下身去，如狐般随镰刀挥舞，一步步地沿着绿色的斜坡往上边割去，往下边割来，推剪子一般。草玉姐的腰身起伏摇曳，看得下边的我停下镰刀，一动不动地凝望着草玉姐。有一回，不料草玉姐恰恰转过身来，我一怔，瞬即满脸绯红，慌慌地躬下腰，一跳两跳地，跳出了草玉姐的视野。

草玉姐的美好，我一直定格在她割草的瞬间。后来，十六岁的草玉姐被爹硬逼着嫁进了城里，是给一个叫"公家粮"的瘫痪的老男人做填房。自从草玉姐进城以后，再也没见她回来过。只听说草玉姐和自己的丈夫、公公婆婆关系并不好，还听说草玉姐惹了些风流事，她在城里头见了村里的人总是躲着……村子里很多人就很是惋惜地说：是草命的人儿，不是金命、玉命的主儿。可惜了，玉碎了，心也碎了，再也难以瓦全了……尽管如此，我还是常常记起草玉姐割草的美好时刻和满山疯长着的野草。

风吹草低见牛羊，我一生都无法走出我的村庄。村庄的牛羊，在青草的饲养中，被喂得壮壮实实，敦敦厚厚，憨态可掬。小草默默，牛羊默默，村庄也默默。村子里一辈一辈的人，平淡如水，缄默是金，冬去春来，默默地忙日忙夜，总是离不开草的怀抱。草色青青，绿水悠悠，春风荡漾，明月高悬，山高水长。情无声，心有梦，路不尽。草民，是对他们最贴切的称呼，也是他们最本质的特征，融合了他们最朴素的感情：春天，你好！小草，你早！草民一生勤劳艰辛，草民的劲儿使也使不完，草民的力量无比强大，内心无比宽广和美好。小草是卑微的，也是坚韧的。小草常被人践踏，它却总是向上生长。小草不计得失，朴实无华，真实简单，快乐幸福。风起绿洲，草随风动，梦随心动。万物生，万物生光辉，万物由人生。

草根深深，草绳长长，人生路漫漫。搓得紧些再紧些，拴在村口的桃树上，拴在老宅的门环上，拴住善良无私的心，一辈子才不会走失人生。草绳似的黄土路，牵引着我们一次次回到故乡，回到我们的童年，回到我们的本真。

我家乡的地理形状，犹如一口讨吃的天锅，一日一日地，煎熬着生活。在那荒年难月苦日里，家乡的天空里常萦绕着阵阵药香。马边草、菊花根、黄善草、灯笼梗、艾蒿、鱼鳅蒜、鱼腥草、桉树叶、车前草、地达虫……草药遍地皆是。采回来，洗净，往鼎罐里浸水煎熬。一把把柴火塞进灶膛，老半天老半天细火慢炊，火苗一股一股欢笑，和着鼎罐里咕嘟咕嘟的歌声，草药味顺着弥散的蒸汽飘出来，飘荡在村庄的上空，久久不散。谁家有个头痛脑热、胸闷气喘、疮毒肿痛、跌打损伤、伤筋断骨，甚至病蔫蔫、卧床不起、奄奄一息，端起热气腾腾的满满的一大碗，咕嘟咕嘟一口气把药汤喝个底朝天。然后，袖口一擦，脸上立马由阴转晴，杂症疑难全跑了。有道是，大地生草木，性用各不同。民间有《草药歌》为证：贴地沾泥退肿红，方枝生毛能消风。尖叶生刺除积痛，枝红肉黄活血通。奶奶也常说，草药就是灵，草药就是好！这些俯拾即是的幸运草，幸福安康还真是少不了。当然，奶奶并不晓得我们今天时尚的说法：痛并快乐着！我忽然想起一句话：时间是最好的良药。看看，草药能够安神补心，时光适宜养性修身。

当我们像草籽一样四处飘散的时候，当我们像草灰一样成堆的时候，我不知道我还记得什么。也许，我只能扎根沃土；也许，我还会生长。不过，这一切，都不紧要，紧要的是我们像小草一般来过这个世界，草根深深扎进泥土里，贴土沾泥在大地上生长一遭，草一般地生活一生。

草嘛，有太多的人记得，又有太多的人正草一般地生活着。草光阴，药生活。也许，这就是他们的全部。

那患色盲的草花婶一生只认得一种颜色：草色（青色）。她把什么颜色都看成草色，青绿鲜嫩，春天的颜色。也许，草色青青，正是生命的颜色，力量的源泉。我想，正是因为草花婶心中有草色，她才能一人承挑生活的重担，起早摸黑，草深弄墨，把两个娃崽同时送进了大学，送进了城里。如今的草花婶，常爱眺望空旷的田野和山那边喧嚣的城市。想必，她的天空里——依旧是大地春回，草色青青。

小草呀，你的美色，令人着迷；小草呀，你生命的力量，让人亢奋。古今中外，名人学士，均难形其色，难摹其状。难怪，古人叹曰：染亦不可成，画亦不可得。苌弘未死时，应无此颜色。无视小草，就是轻蔑生命，藐视大地。泰戈尔说得如此透彻和深刻："小草呀，你的足步虽小，但是你拥有你足下的土地。"白居易《赋得古原草送别》，留下千古佳句，更是家喻户晓：离离原上草，一岁一枯荣。野火烧不尽，春风吹又生。

是啊，野草离离，生生不已；草根精神，不屈不挠，自枯自荣；草间求活，只为秋后积肥，撒向广袤的田野……好一首首野草的颂歌，好一曲曲生命的绝唱！为野草，也为我等草民，激动再三，唏嘘不已。

心头上种草，草色入帘青。

草色青青，春风声声，心曲款款。

又是一年春天，我回到故乡，回到草长的故乡，回到草根的家族中，回到我安身立命的地方。我融进了草的世界里，我找寻到我的童年，我体味到我人生最初的味道，我看见了我真正的模样，和草一模一样。

这时，随便在草地上一坐，我觉得我立刻坐成一棵小草，我清楚地看见自己的前生和今世。

草啊，你让我越发的清醒：做不成花朵，成不了树木，落地为草，泥土中生，泥土中长，最后化为灰烬，化为春泥。草啊，你坚韧不拔、从容大度、自立自强、淡泊宁静、积极乐观的草根生活，又总是那样令我向往和珍视。

我是大地上的一棵小草，我是我自己的草！像草一样，把握住生命里的每一寸阳光，每一缕春风；像草一样，生命也许弱小和清贫，内心却无比强大和富有；像草一样，承受一切，忍耐所有，包容万物，舍得付出，不求回报；像草一样活着，活出草的风骨，活出草的自信，活出草的境界。

　　大地上，留下一粒草籽，见雨即发芽，随风疯长。春天的阳光，照耀着我们的骨节；故乡的温暖，抚慰着我们的灵魂。我听见——自己拔节的声响。我也看到，很多人与我一样，与草一般，不管高低尊卑，密密集集，积聚着三春再荣的生命力，肆意地生，尽情地长，草长莺飞，铺绿这个喧嚣尘俗的世界，绿到海角天涯，绿到天长地久。

　　怕什么？草还在，故乡就丢不了。不要怕，草还在，心就在，梦在长。奶奶站在我梦的夜里不远处，笑吟吟地告诉我。

　　我知道，我这一生，与草是分不开了。草有千千结，心怀万结开。儿时，奶奶常对我说：善心是光，真诚如花，忍耐似金。那时，我不太理解，现在想起来，奶奶看得高远。想起奶奶，想起奶奶如草如芥的一生，我仿佛更有底气了。正如她说的一样，我想，把真诚带回家，把忍耐留给自己，把善念种进泥土，人生路上就会长出绿草，尘世中就会开出一树春天，天地间才能相拥真情！

　　推开窗，草色青青，如旗如风，似火似星，点亮乡村的灯，点亮心灵之光，照亮灵魂的方向，找到通往心灵的福祉。

　　春来草自青，秋到黄叶落。

　　静坐无所为，长听万物生。

溪水兰香

我们一班"细把戏"总爱去草兰婆婆的木屋前。草兰婆婆的木屋，坐落在凤形山脚下，傍着一条小溪。夏日的小溪，跟我们一班"细把戏"一般，天天兴奋得不行，蹦蹦跳跳，一路唱着歌，总是向前。

我们无暇顾及草兰婆婆。我们和小溪捉迷藏呢，我们和小溪在说着话呢：

小溪啊，你要到哪里去？我要去很远很远的地方。

去那里做什么？我要流成河，汇成海，变成浪。

那样，你不是没了吗？我愿意，我自由，我快乐！嘿，我没了吗？！我可是壮大了，成熟了，有激情了。

我梦着自己也变成水滴，随着小溪，开始了快乐的行走。我看到，小溪那样弯弯曲曲穿越于山川田野、山谷石壑，一路上，她总是那样欢快地唱着，跳跃着……

草兰婆婆告诉我们，这条小溪叫月亮溪呢。很多个有月光的夜晚，我们一字排开，坐在小溪边久久地看。突然，有人尖叫，高兴得手舞足蹈：乖乖，溪里有个月亮呀！随即，有人不同意，说：怕是月亮在溪水里洗澡哩！草兰婆婆笑了，像小孩子一般欢呼雀跃……可是，不久后，一个没有月光的夜晚，我看见草兰婆婆一个人在溪水边久久地坐着，她的双眼噙满晶莹的泪珠。

也就是在这一年的夏日，小溪干了，我们哭了。草兰婆婆从兰草丛中走来，她牵着我们的手，把我们一个个牵到木屋后的山上。我们看到在石缝中，在荒山野岭之间，一株株、一束束、一蓬蓬兰草逶迤开去。我们顿时惊讶了，更为惊讶的是如许之多的兰草，是那样坚韧地生长着，蓬勃地茁壮着，又是清一色的婀娜绿衣，飘逸脱俗，清香淡远。我们还看到山谷石壑中蜿蜒而下的一沟山泉，白白亮亮，清清爽爽。掬一捧，冰凉冰凉，甜沁沁的。

顿时，我们一个个静了下来，规规矩矩地听草兰婆婆说话。草兰婆婆说完，要我们闻闻，问：香吗？香。草兰婆婆又问：什么香？她不等我们回答，接着说，兰草香，兰草自香呢。又大声对我们说，兰草自会香，你们的小溪呀，自会流！我们一个个摸不着头脑。这时，草兰婆婆用手在我的脑门上一点，又拍了拍我滚圆的小肚子，笑着说，流在这里，流在你们的心里头哩！那时，我们没有太懂，但我们深深记着草兰婆婆的故事，已真切地闻着兰草的清香了。

草兰婆婆的命苦。草兰婆婆的母亲性喜兰草，生下她时就咽了气。草兰婆婆的父亲后来带着她，就把木屋建在山脚下，时常带着小草兰到山前山后、山上山下看兰草。不几年，小草兰的父亲随她的母亲而去，天天伴着兰草卧眠。草兰长到十八岁，生得那个乖态，方圆百十里挑不出第二个。两年之后，有了一个好小伙随了草兰，留在了小木屋。他们种菜砍柴，插秧打禾，喂猪看牛，饲养鸡鸭，织布做鞋，洗衣做饭……不管多忙，他们总是要结伴去看兰草，去看看睡在兰草旁的父母。但是，没过三年好景，生下娃儿的草兰又一次遭到致命的打击，娃儿的父亲变心了，抛下了她们娘俩跟人跑了。

娃从小跟着草兰婆婆，草兰婆婆打小带着娃，不离不弃。这一切，就好像母鸡护小鸡那般自然。起初，娃根本没有爹的概念。后来，草兰婆婆不说，娃也不问。娃是草兰婆婆手心里的蛋，捧着，看着，抚摸着，战战兢兢，怕磕，怕碰，怕碎。娃是草兰婆婆的一尾小鱼儿，围在草兰婆婆的身边，如在溪水里游动，嬉戏，自由自在，欢快地追逐着。娃也是草兰婆婆的圆月亮，骑在牛背上，带晚霞一起回家。

娃大了，要读书，吃的穿的用的，家里头显得紧巴。后来，草兰婆婆就隔三岔五跑三十多里山路去小镇。在闹市处，找一块显眼的地方，铺一块塑料布，摆上各色式样的布鞋，招来了许多人。你一双，我一双，他一双，蛮行销的。她做的鞋细致，扎实，耐穿。而且鞋面上总爱绣一株兰草，好看得很。许多人就提前量了脚的尺寸告诉她，她就日夜里赶，赶好了送上门去。

二十多年，她往返于城镇山村。她忙田地、忙家务、忙做鞋卖鞋，她赶早熬夜，她挨饿受冻，她把娃崽一肩承挑，送出了大山……可是，再忙，草兰婆婆也要抽出时间去看看兰草。

后来，草兰婆婆的娃在城里做了官，要接她去城里。草兰婆婆不肯去，她说她天天要看兰草呢，哪一天不看着兰草，她的心里头就不踏实。草兰婆婆的娃没有接走母亲，却接走了一盆兰草，是草兰婆婆亲手选的。草兰婆婆说，要好好地侍候着，"三分栽，七分养"，花草如人，就把这盆兰草当娘吧！你看着她，你就晓得怎样做官做人了。这当官的娃看着眼前的娘，看着盆中的兰草，他的眼中渗出了泪水。

这么些年，草兰婆婆在乡下的山谷里生活得很平静，草兰婆婆的娃在城里官也做得很有些口碑。有一次，我去看了他，在他的办公桌上我看到了那一盆茂盛饱满的兰草，七八个花箭开得正盛。在他办公桌后面，一面偌大的墙上挂着一副很安静的对联：上联是"怀中有兰心自香"，下联是"腹内存书气方华"。我从草兰婆婆娃的办公室出来，我又想起了草兰婆婆，想起我们那时的快乐时光。

草兰婆婆八十有三那年去了。那年的夏天，我一个人去了草兰婆婆的木屋前，静静地，久久地不肯离去。满山的兰草疯长着，无风的山谷，兰香悠远绵长；小溪还是那样，流水潺潺，一路欢歌，轻吟浅唱，简单快乐；望天上，云卷云舒，月升月落，去留无意。陡然，我的心情也舒卷开来。是啊，过了多少年，我又回到了我的童年，回到了这个宁静的港湾。一切都已远去，一切都在皈依。

有一天，我忽然看到一篇资料中说兰草以花茎分，一茎一花为草兰，一茎多花为蕙兰。那一刻我仿佛明白：兰是草，草为兰，香在心，品独高，香自远；溪水潺潺心中流，小溪就永远不会干涸，不会走丢，不会停流。

我们的草兰婆婆，心中有兰，什么都可以有，什么都可以无。

山坡上的云朵

外面下着雨，先是淅淅沥沥的，不一会儿就凶猛起来，而且不依不饶。

我的心情被雨淋得坏透了。

我无由地想家了。一刻也不停留，我要立马飞回家去。我好想好想捧几口家乡甜沁沁的井水喝，尝几棵家乡鲜嫩嫩翠绿的菜蔬，来几碗家乡沉甸甸的五谷杂粮。

朦朦胧胧中我于是回到了久别的乡下老家——善塘小村。

我飞快地穿过田野，走上土坝，爬上山坡——岩脑上，遁入我心灵中那一个永恒的风景里。

我在那里放过羊。我一生受了羊太多的影响，我的身上有太多羊的影子。

我至今还记得那些羊的样子：山坡上，满坡满坡的羊，如朵朵的白云时聚时散，奔跑着，追逐着。我躺在青青的草地上，厚厚的，绵软软毛绒绒的，像层层的地毯。我仰面看天，好个蓝莹莹的天！四周，遍地是羊，是花，是草，是和风，是阳光，是温馨。我不能不想到一个字——美！我在草上一笔一笔地划着，啊，美，是羊大！呵，好个羊大！我等着羊一天天地长大，娘也等着羊一天天地长大。羊大了，我就可以上学了。娘说。我憧憬着羊大的日子。我放羊一天比一天早，我放羊一天比一天勤快。羊其实不要管，不乱走，就围着山坡找草吃。况且，羊胆小怕事，都一群群的在一起，同吃同喝同宿同乐。我一天比一天起得早，起来了，就一只一只地把羊牵出来，一遍一遍地擦洗它全身。然后打来清水喂羊。羊太爱干净了，不像牛或狗，只要有水，就饱饱地喝个够，哪管你浑水浊水坏水臭水。就是吃草，一丛青草间或杂有一两根枯草，羊只沾青草的边，一两根枯草仍孤孤地落在那里。羊又温驯得要命。我只要每回受了委屈或者家里头有了烦心事，我就看看羊，羊像懂事的孩子，灵性得很，一双眼睛温驯地看着我，一步一步地向我走来。我常和羊长长久久地对看着，然后再去摸摸它柔驯的羊毛，靠靠它温暖的身子。一下子，心情再坏，也会好起来；事情再难，说过去就过去。

我与羊在一起的日子，真是很美的时光。

我想，我不可能离开羊。

第一辑／山坡上的云朵

029

事实上，我不可能不离开羊。后来，我知道娘最大的愿望就是等羊大的时候，让我早日离开羊。

我离开羊的时候，正是羊大的时候。我离开羊的时候，我看到了清水里的一把刀子，那刀子好长好长，明晃晃的，白得耀眼。羊"咩"地一声，其音短促，极是悲怆痛心。我看到，羊前腿一弯，跪了下来，我看到，羊晶莹的眼里落下一行行珍珠。我几乎是跳了过去，喊着：我不去读书——

但是，一把红艳艳的长刀已抽出来了。

我眼睁睁地看着手持长刀的人，我愤怒地说：你是狼！顿了一下，又喊着：一只恶狼！那个手持长刀的人看着我，有点莫名其妙。

娘说我，你迟早要离开羊要离开娘的！

我却说，羊羔是离不开母羊的。

我真的不想。30年后，我还是不想。我说我一辈子是离不开羊离不开娘了！

我到底没能一辈子跟着羊。

跟着羊一辈子的是太山叔。

我说我这次回来，是要去看看太山叔。太山叔一生未娶，早年间一直帮着我家里操持地里田里。

我说我想太山叔了。

太山叔说，是想羊了么？

我一步一步地走近羊，走进阳光。我双手一下一下地摸着羊，羊毛还是那般柔顺，羊的身上也仍然温暖如昨。

太山叔递一根旱烟过来，我竟接着，并就着燃旺的火柴点起来。尽管我30多年来从未点过烟。

太山叔问，是不是不顺了？

我一怔。

我竟把烟圈吐得一圈一圈的，团团的烟雾笼罩在我的头上，总也散不开。

　　我看着身边的羊，我说，我像一只羊。

　　又说，有太多的人像羊。

　　我还说，我不想回城里去了。

　　太山叔说，你是不是怕狼了？

　　太山叔看我的眼光很锐利，定定地刺着我。

　　太山叔又说，真枉费你还看了那几年羊！

　　我说，我真不想回到那个饲养场中去。我一张口，竟把城里我那个小世界当做饲养场。

　　我说，羊多了，只怕是肥了狼。

　　太山叔说，一只羊是放，一群羊是赶。

　　我说，那狼呢？

　　太山叔却说，到哪都有狼。

　　不过，太山叔又说，狼终归是狼！它太凶狠太贪婪，并不见得有多可怕。

　　他又指着心口，说，怕只怕你先在这儿怕了。

　　我说，我要做一只好羊。

　　我说，我会和太多像羊的人一起来对付狼。

　　我说，我一定在心中放着羊。太山叔说，你到底是看过羊的！

　　我看着眼前的太山叔，说，叔，你老了，瘦了。

　　太山叔却一边去看跟前的羊群，一边好像在说：嗨，哪有不老的？老羊赢瘦小羊肥吧！……

　　我缓缓地走下山坡。

　　此时，雨早停，天忽然放起晴来，群山尽洗，田野新绿。我不竟美美地吸了口气，清新爽口，甜丝丝的！顿时，我一身轻松，通体舒畅。

　　我一回头，山坡上，一只一只白羊，如朵朵的白云。从这朵云到那朵云，总是那样悠闲，那样纯洁，那般美丽。这时，太阳光一缕一缕地落下来，先是笼了山坡上的羊们一身的光辉。接着扩散开来，整个山坡都染了一坡橘黄，慢慢地，橘黄的山坡又幻化成一片朱红。我忽然看见太山叔和一只老羊一动不动立在场部的屋檐下，他们抖着胡子，好像进入了无限优美的沉思之中。

　　我无比地感叹，真的好美，好动人！

第二辑

＞＞

白水点灯

生命的秧田

染绿的声音顺风送过来：开春了！先是喜鹊听见，跃上枝头，叽叽喳喳，一个新闻发言人似的满世界里通报。当它飞过正在变得清爽亮闪的水面上空时，刚要开口，水塘里的鸭们早已先出了声：嘎嘎嘎，呷呷呷。

一粒粒谷种听到，急急地破壳而出，一个个，争先恐后地往上拱，探出头，直起腰。一浮出亮汪汪的水面，星星点点地，绿了一片又一片。泥土暖过来了，一双赤脚踩上去，松松软软的，柔美舒适着哩。望一眼，再望一眼，呵，好大一块生命的秧田！

"秧苗苗是草，秧苗苗是宝。"太生叔一边朝田埂上走过来一边自言自语。上得田来，没荷锄，也无回家的意思，就那么久久地蹲在田埂上，看着自己的秧田，望着田中的那片生绿。嘴里始终唠叨着先前那句话："秧苗苗是草，秧苗苗是宝！"叨念着，竟有些许的激动。一激动，又一次下到田里，这儿嗅嗅，那儿瞧瞧，还眯着眼笑。过一会儿，俯下头去，双手不自觉地，一次次地去抚摸一根根粗壮的秧苗。突地，太生叔抬起头来，一路从秧田里回来，一把锄头在肩，擎得老高老高，像是一下子年轻了许多，走路轻飘飘的。

刚回到屋门前的禾坪里，太生叔正待把那把大头锄柄轻轻地放下时，就听见石头垅里一声尖尖的哭喊声飙过来。这哭喊声，立马咬住了太生叔的手，弄乱了他一早的好心情。他慌慌地拔腿就往石头垅里跑，锄头仍在肩上。

田野，因了月婶的惨哭显得有些空旷。太生叔跑到月婶旁边，只一眼，啥都清楚了。月婶站在自家的秧田前，寻死寻活地哭诉。看太生叔来了，月婶捧了一捧谷种，给太生叔看，没一粒咧嘴，黑黑地，发出恶臭。一田的水，黄黄汤汤的，无一分生气。水面上又无风，静寂得可怕。太生叔自己也不敢相信，亲自走到田里，一粒粒谷种，细细地查看，拨开，闻闻，还放在嘴里一咬。出了鬼，真是出了活鬼了！他在脑袋里不住地问自己，和自家一样的蓄水掌田，一样的浸种下水……结果咋就完完全全两个样呢？月婶还在哭，怎么得了？怎么得了呀？我的天！你是晓得的，贵生蛮子那个狠劲儿，看他不剥了我的皮？太生叔当然清楚，不说这么大的事，就是拌两句嘴，贵生来火，满院子里追着打，定要把月婶打得鼻青脸肿才肯放手。这阵儿，贵生也去"南边"凑热闹了，一屋的事甩给月婶。月婶不敢半点含糊，怕万一出了点岔子，贵生回来，她就有得好看的。像这回育秧，本来也懂点，但是为了稳妥，还是请太生叔这个老把式出山。

不想，还是出了岔子。而且，无法弥补。今年，院子里秧都短缺，邻寨近村，也都紧手。加上，下水时已不算早，再重新育，自是迟了。想着想着，慢慢地，月婶停了哭声，一屁股瘫坐在田埂上。

谁都想不到，插田的时候，月婶家竟足足地拥有六分水田上好的秧苗。月婶飞快地扯着一蔸蔸秧苗，一把，一把，齐齐整整地从这只手到那只手，穿梭一样，有一握粗时，抽一根稻草，左手勾住，右手轻轻地环绕一圈，把草的另一端往缠着秧苗的颈处一掖，一个秧把子成了。伸手，捏住秧苗尖尖,往空中一抛,倏忽地在空中划过一拱天桥,然后落进水田中央,溅起一片欢快的水花。月婶好高兴,看看,一个个秧把子,浮立在水田里,明明就是一个个小孩儿,又手撒脚,调皮得很,站在远处冲她眨巴着眼笑。

月婶根本想不到,回来的贵生叔竟把她饱饱地打了一顿,竟还是为了秧苗的事。月婶足足半个月没有出门,出门后竟还遭人眼色。太生叔更想不到,"赔了夫人又折兵",一田的秧苗白找了不算,头上还被人扣了"屎瓶子",说啥秧苗贵如油,凭啥白白地送人,绝对有名堂,嘿嘿嘿。还有说得更难听的,一说一说,就把贵生说火了,找太生拼命,好在有人劝了:秧也插了,禾也长了……好歹也没当场捉着,就算了。

乡村里的事,说起就起了,说没就没了。日子一长,再没有人说了,各忙各的。有一点,月婶从此再不敢单独找太生叔了。

有几次,我见着太生叔去他那块大大的秧田里,一把锄头扛在肩上,还是擎得老高。

我不知道,太生叔久久地站在他空空的无一根秧苗的水田中央,心里是啥滋味。也许他茫然,也许他洒脱。不过,我却替他感言:生命太复杂,复杂得令人一生难释其义。生命太简单,简单得一次就能看清明了:只要在心田中央插下一兜秧,就能长成生命!

这时,我却发现自己穿着皮鞋站在田埂上,太生叔赤脚绾裤立在对面的田中央。我不竟失笑,却笑不出来。

再一看,我毕竟只是田埂上的一个看客,太生叔正扶着犁,甩着鞭,斥着牛,铁犁过处,泥土一拨一拨波地翻过来,搅得水白白地生响。

生命的秧田是太生叔的!

秧苗苗疯长着,乡村也就茁壮了。

白水点灯

善塘村人爱讲一个"白"字——白云、白狗、白水、白米、白面、白菜、白炭、白话、老白干……

善塘村人的生活，看起来，似乎总是那样的安静和闲适。

"看么子啰？"

"白云赛跑呗。"

"听么子啰？"

"白水比歌呗。"

"有么子呷么？"

"白米、白面、大白菜，外加一壶老白干咧。"

"讲个白话好么？"

"张飞杀岳飞要不要得啰？"

"好咧！"

一讲就讲到后半夜，火塘里的白炭火还是红旺旺的一塘，围着火塘听白话的一个不走，还是那样的热情高涨。这时，不知哪家的白狗吠了一声，跟着有哪家的鸡懵懵懂懂喔了一声，有人说："鸡叫了，狗咬了，泉老怪回来点灯洗澡了……"

天发白了。善塘村人又开始了一天的生活。

泉老怪呢？他正香甜地进入梦乡。

泉老怪，一人吃饱全家不饿，睡也睡得香，看也看得开。爹娘死得太早，他现在根本记不得爹娘的长相了。他说，也好，就不会在梦中梦见爹娘，就少去念叨爹娘的疼爱，就少了好多思念之苦。他就还是那样的快活。呷"百家饭"，他没有寄人篱下的感受，一天或几天换个口味，做客一样，哪家都是客客气气，好呷好喝好言好语。按理，他该是希望自己早日长大，报答乡里乡亲对他的养育之恩。可是，他确实没想过，总是想自己不长大该有多好！长不大，一村人都怜爱他；长不大，他不需要去回报；长不大，就不要去想事，他呷了睡睡了呷。长不长大，他自己是管不了的，他讲，看着看着就长了，他就是喝水也长肉。

长大了，就要把扁担横在自己的肩上。先是帮生产队担水，担水是队长玉用叔照顾他的，还记工分。担水只是一小早上的工夫，路又近，队里的食堂到白沙老井不过五十米。他就不急，每回挑水他就要在白沙老井旁先看看井里的小鱼小虾，还有几棵墨绿的丝草，看着它们游游晃晃地，眨巴着眼，伸着懒腰，到处张望。然后，再一下一下地去打水，提上水来后还要看那圈圈的涟漪。挑满五大缸，他就扁担一甩，回到小土屋里睡早床。太阳晒屁股了，他起了床呷了饭就开始遍地游走。常常是后半夜才回到他的小土屋里，常常跑到有月光的土坪里，一大桶一大桶白水从头顶上冲下来，然后，慢慢慢慢地搓。从夏至冬，每个夜晚，从不间断。

有一天，有人见他清晨早起来，挑了水不往生产队的食堂走，而是上了葱婶的屋。接连几天，天天如此。有人讲怪了，这葱婶新寡，这泉娃单身，难道？但是，但是，按辈分，葱婶是婶；按年岁，泉娃小五六岁呢。又一天，有人看见葱婶当面把泉娃挑的满满当当的两桶水全倒在她家屋前的空坪里，水白花花地流了一坪。咣当一声，葱婶把门关了，留下泉娃一个人空落落地立在他的两只空桶前。慢慢地，他喝上了老白干。喝得半醉不醉时，他就想起那一坪白花花的水。他看见那白花花的水一下子变高了，一下子变胖了，一下子变弯了，弯成了葱婶的白花花的身子。越想，他的老白干喝得越多，像喝白水一样。

慢慢地，生产队里的食堂不冒烟了。别人有别人的事，田里地里，更起劲下力，因为都是自家的了。他呢？还是横一根扁担在肩上吊两个桶，还是早早地出门。不同的是，一不去白沙老井，二不去生产队的食堂。走村串户，桶里装的是老白干，卖酒去！他从不吆喝，逢人就伸个小竹勺往桶里舀一勺，让你嗞溜喝一口，嘴巴一咂，买不买随你的便。没人买时，他就一个人坐在树阴下，一勺一勺地舀，自己一口一口地喝，喝一口，看一下天上赛跑着的朵朵白云，喝一口，再看一下。有时，一口一口地喝，也不看天上，也不想事情，只侧耳听着，听着流淌如歌的白水声。

又是好多年后。泉老怪定坐在白洞水库的大坝上，他看着一大库浩浩汤汤的白水。阳光下的水面银光闪闪，不时有一条或几条大鱼跃出水面，一团团鱼肚白在泉老怪眼前一闪，泉老怪轻轻地抿一下嘴，一线白水般的老白干自他的喉咙咕咕而下。然而，泉老怪再看着白晃晃的水面时，总是想起很多如水的事情，就老是欢不起来。

欢不起来的泉老怪对事情其实是有自己的见解的。比如说酒，他讲酒是水，又是火，水火也有相容时。比如说日子，有一天，他对正在写作业的中山叔的三娃子讲，写字时一笔一画要看清楚了要想明白了，才动笔。就讲这个日子，要想往上出头，那是由不得你；往下踏踏实实地走，不是最好么，考试能考甲等，活就活得平安自在，一个甲子是不成问题的；看着日子走，站在一边不闻不问是看不见新生活的；看着禾苗一日一日地往高里蹿往粗里长，黄灿灿的禾苗铺天盖地时，日子也就香了；把日子放在大地上放在心坎上，天就发白了。三娃子一脑子糨糊看着泉老怪。好久好久，三娃子好像发现了新大陆一般，难怪，难怪！你泉老怪的"泉"字，上下不就是个白水吗？泉老怪一愣，然后，一转身，瞬即三步并作两步地走了。

善塘村里很多人背后都讲泉老怪脑壳怕是进了水。要不然，不会是咯个卵样子。只有进了水的脑壳，短了路，点不起"灯"，才会不亮堂。

善塘村人讲泉老怪的日子淡如白水，哪一天如水一样干了，一点痕迹都没留下，太不值得了。空来世上走了一趟"石灰路"（指从未尝过做男人或女人的味道），岂不是白活了一场！

有了很多钱的泉老怪很怪，别说是改嫁或死了男人的"二路货"，就是黄花闺女，也是不成大问题的。可至今，他没有娶到婆娘，也从不开口谈女人。最怪的是，全村人家家都装了电灯，唯独他家里不装，常常是后半夜鸡叫了狗咬了，他才回来洗澡。一回到他的小土屋里，他点起了灯，是在白水一般的油（不是那种黑黑的煤油）上点的灯，灯光通红通红的，火苗一下一下地跳荡着。在土坪上，泉老怪站直着身子，全身肌肉一股一股的，一大桶一大桶白水从头顶上冲下来，然后，溢流一身，白花花的晃眼。

泉老怪点起了灯的夜晚。有人看见，葱婶屋里的电灯彻夜不熄。

五年前的一天，当我再回到老家善塘村时，泉老怪已和葱婶双双住在灯火通明的四扇五间三层的楼房里。而且，他们开了一个白水泉矿泉水厂，生意很红火。我久久站在他们的楼房前，不禁叹道："心泉不涸，白水点灯，灯自会燃得更久，照得更亮。"

像大地一样

　　这几年，四哥每年清明都要回老家一趟，急匆匆来又急匆匆去。今年，他却避开清明前后这些天，在一个懒洋洋的春日里，邀一老友，喊上我，一起去老家。奶奶已不在了，我们像没有了主心骨一般。整天里，没有什么要紧的事做，没有什么想说的话说，我们闲云野鹤般在乡村大地上缄默着，漫游着，感悟着。

　　睡不着，我们几个早早地起来了。丁生叔也早早地起了床，先是出门看天，踅回来，舀一勺水，擦了一把脸，记着下坡园那块五分多地里的草有些毛了，赶紧提起一柄铁锄，一双大脚啪叽啪叽地走远了。

　　春日的早上，丁生叔的背影很薄，很淡，一个人走在长长的田埂上有些孤零零的。儿时，丁生叔总爱一个劲儿地逗我们：起早好，起早好，早早起来捡财宝！有几个早上，我们果真蒙蒙亮就从床上一跃而起，眼屎也不擦，趿拉着鞋，一步三蹦，不喊一个小伙伴，一个人独自朝露水里钻。有啥，真的有啥？啥也没有。走得急的，踩了一脚牛屎粑粑，或者沾上狗屎了。回转屋里告诉大人们，大人有笑的，有半笑不笑的，但都肯定说：踩烂牛屎是会发财的，沾了狗屎是开始大走狗屎运了！那年头，牛是老黄牛，狗是看家狗，都算做家里的一口子，都是主人的命根子。它们就是寿终正寝，也会生有地方，死有归处。不像现在，动不动就生生地成了城里人桌上的一盘好菜，没了念想。

不经意间，我们都向村头那口老井走去。四哥和我不约而同远远地驻足观望，我们想看看早年自己清早起来挑水的老井是不是变了模样？走近了，老井还是老井，井水仍是那样清澈见底，一任井底的丝草葳蕤着。望远处，田野上有些荒芜和空旷。

晚奶奶蹲在老井边一丝不苟地洗着萝卜青菜，井面上热气腾腾，团起了层层的白雾。萝卜一个个，敦敦实实，圆滑饱满，白嘟嘟、胖乎乎的，蛮逗人爱。晚奶奶一会儿一个，一会儿又一个用谷草替它们抹头洗脸，擦洗身子。晚奶奶像是对我们说，又像是自言自语：萝卜青菜是个宝，谷草用起来就是好，软和和的，暖融融的，搓洗起来，不硌身，不伤人。我们看着晚奶奶，再看看地上的一棵棵青菜，紧紧地包裹着，嫩绿生鲜，青是青，白是白，倍显精神。

大家都晓得，在农村，一日三餐，萝卜青菜是最为家常的菜。口渴了，随手在地里拔一个新鲜萝卜，生吃犹梨，甘甜爽口，百吃不厌。甚至，萝卜还可以当饭吃。萝卜饭，我和四哥都吃过，甜沁沁的，软嫩浓香。在农村，有了萝卜青菜垫底，家家就有了生气。老家有很多俗语，譬如："三天不见青，喉咙冒火星"，说的是要多吃青菜；"冬吃萝卜夏吃姜，不用医生开药方"，更是强调萝卜和姜的功效；"十月萝卜小人参"，说的是秋季吃萝卜胜过吃水果，营养丰富，甜脆可口，有"小人参"之称。

但是，我最感兴趣的要算大年夜的萝卜。灶膛里的木柴火噼里啪啦燃得正旺，大块大块厚实的萝卜炖着熏得透亮的老腊肉。大鼎罐里咕嘟咕嘟兴奋地唱着歌，大半夜不歇也不休。炖好的萝卜腊肉酥烂鲜香，满屋子溢香扑鼻，飘散在整个村庄的上空。乡村一夜无眠，大伙儿喜气洋洋，个个满嘴流油，空气中弥漫着饱嗝连连……从大年夜到第二年的正月十五，家家的鼎罐里一直还盛着年夜萝卜。在农家人的眼中，萝卜青菜，犹如他们的娃崽，少了不行，再多也不嫌多。

萝卜青菜，真正是农家人的所爱，世代相看不烦，久吃不厌。大字不识的晚奶奶不会讲大道理，但对经商的后归哥总是苦口婆心，说，我们祖祖辈辈都是吃着萝卜青菜长大的，做人做事，要清清白白，实实在在。也许，后归哥早把晚奶奶的话当做耳边风，萝卜青菜现在充其量也不过是后归哥一日三餐的配菜了，隔三差五吃上一点只是用来泻泻火罢了。晚奶奶还说，做人不能忘本。走得再远还是会记得回来的。地上，有种才有果；天上，有云才有雨。有花，就会开；有水，自会流……

晚奶奶絮絮叨叨，在我们耳边流淌。田垄中央那条小溪，也是那样日夜流淌，不知疲倦。井水不涸，溪水长流，田园滋养，人丁兴旺。早些年，晚爹爹、五伯和玉明大爷一班人都卷了铺盖四处修水库，一去就是几个月。偏偏，老家没有河流，没有修筑水库、堤坝，一个大院子靠的竟是田垄中央的那条小溪。再干的年，再热的天，轮流把水均均匀匀地洒到一丘丘田里，一院子的人和和气气，田地里是大家一年的盼头。

有一年，实在是太干，干得太久，争水时发生了口角，有手长的把小溪这儿挖断，那儿塞阻，都想把水引到自家田里去，乱成了一锅粥。手短的，胆小的，看着自家的田里一日一日地变白、龟裂，眼睛里汪出水来。玉明大爷出来主持公道，把人喊到晒谷坪，冲着那些人没好气地问：都长能耐了，会挖墙脚了？还算个人吗？人在大地上，一撇一捺，得堂堂正正立着。水是啥？是油，比油还贵；是血，跟血一样要命。这条小溪，就是一条血管！……玉明大爷说过后，村子里复归平静，小溪又缓缓地哼唱着小调，大地上一片安详。

太阳懒洋洋的，天上飞下来两只小鸟，在晒谷坪里打了个滚，又相互嬉戏着。不等我们走近，扑噜一下又飞走了。晒谷坪里又悄无声息，更显得静寂而空旷。我们遍寻往日的热闹哪去了？那个时候，晒谷坪里热火朝天，晒谷的晒谷，车谷的车谷，装筐的装筐，挥汗的挥汗……只有我们一班"细把戏"无事可做，去逗晒谷坪里的鸟伢子。那时的鸟伢子真多，又不怕人，蹒跚着走近我们身旁，有时就在晒谷席里眯着，有时还敢落在大人们的扁担、禾枷上。后争他们几个想用篾灰筛捉几只鸟伢子玩，却总是捉不着。有一回，捉着了一只，大伙儿看见它叫得凄惨，都催促后争快放了。

七娘说得对，我们也是一只只鸟伢子。若走失了，或被坏蛋捉走了，大人们不是急个死，就是没法活了。七娘是后争的娘，后争的爹死得早，七娘把后争当鸟伢子一样护着、喂养着。那个时候，人与鸟是那样的亲近，那般的相似。现在，人与鸟离得远了，生分了。但命运却没有两样，人把鸟关进笼子里，殊不知自己也把自己关进了笼子。我记得一位作家曾说过，天空也是属于大地的，唯有在辽阔的大地上方才会有辽阔的天空。

在村子里漫无目地走着，随处可见的是打牌的、搓麻将的，还有留守的老人和孩子。老人，一个个老得不忍细看；小孩，一个个我们都不认识。小孩大多也不认识我们，不把我们当亲人，也不把我们当敌人。他们一道目光就是一道河，把我们隔开了，我们走近不得。我们往山里走去，山里的树木高高在上，缄默不语。迎面，我们遇到一块块硬冷的石头。石头上刻着一个个名字，都是我们熟悉的乡亲们的名字，有奶奶，有晚爹爹，有玉明大爷，有七娘……抚摸着，一块块石头，有了温度，有了生气，有了神态。

晚爹爹生前最爱骂人，骂时不留半点情面。但晚爹爹的心好，奶奶逢人就说，你晚爹爹是为你们好才骂你们呢。是的，就有很多后生想要听他的骂再也听不到了。晚爹爹一身硬骨头，七十多岁还能犁田打耙，能扛打谷机。很多人就当面背后总讲他，莫不是铁打的，钢铸的？晚奶奶讲，他的骨血和身体都是土做的，总有一天会土崩瓦解。到底，晚爹爹睡下了，变成一抔黄土。晚奶奶哭过之后，平静地说：他本是泥土，终要归于泥土……

从山腰走下来，我们坐在路边的青草上回首凝望，心里有说不出的味道。我们就在那儿久久地坐着，久久地凝望着，总觉得群山无语，树木沉默。坐得久了，有一种声音从耳边拂过。哦，是吹绿的松风，可触可闻，令人心静平和，干净透亮。

往回走，一脚高一脚低，却都一个个走得飞快。四哥的话好像陡然多了许多，他说去下桥读小学时那阵特别兴奋，奶奶给他缝了一个红红的小书包。睡觉时，他要伴着红书包才能进入梦乡。四哥问我，你后来见过那个书包吗？我说，好像见过，也好像没见过。四哥看着我，认真地说，那是他最早的"小肚兜"。我不再言语。

其实，我是见过的，印象很深。我还多次美美地想，若能背起四哥红红的小书包，立在小伙伴们中间那会是多么神气的事！奶奶却不肯，她说要好好地保存着，看着红书包就看着你四哥了。

四哥是奶奶带来的没有血缘关系的外孙子，奶奶带得比亲孙子还亲。村子里很多人就说，再费力，长了毛还是要飞走的。奶奶笑笑说，地上收获了，土地爷也没问哪家要过四两八钱哩。四哥十六岁那年，果然离开了奶奶，一走就是三十多年。其间，四哥也写过信，寄过几次零星小钱。那些日子里，奶奶就满村子跑，让识字的人替他读信，读得信纸皱烂，一张汇票总是过了兑期。奶奶这个时候，总是沉浸在一团幸福安详中。很多的时候，奶奶坐在老槐树下，看着村口那条弯弯曲曲的土路，她的手上总是攥紧四哥那个簇新的红书包。我知道，红红的小书包里是四哥几页薄薄的信纸。没人的时候，奶奶拿出来，用一双老手抚平了，木木地看上老半天。我不知道，不识字的奶奶能看出些什么？

大多的时候，奶奶很安详，像大地一样安详。有人说，奶奶经历的事儿太多，多苦多难，再沉再重，都被她心中的阳光熨平了。奶奶高高大大，她的胸怀像大地一样宽广，从不记仇，从不喊不平，从不讲吃亏。她总是讲，仇敌仇敌，把舌头反过就不是敌了，很多事都是舌头造的祸；又讲，不平则平，吃亏是福。奶奶就是这样，一路走过阴晴雨雪。奶奶阳光般的笑，温暖的话语，总是笼罩着我们一身，伴着我们长高长大。

有了奶奶阳光般的笑，村子里再阴沉的天，总见到大家的脸上都是光亮亮的。有人说，奶奶像观世音菩萨。小时候的我，不知道观世音像奶奶，还是奶奶像观世音。但我肯定奶奶和观世音都是大家喜欢的，喜欢到村子里家家有什么事，都爱跟她们说；有什么困难，都求她们帮忙。她们呢？有求必应，救苦救难。她们自己苦吗难吗？奶奶从没跟人说过。许多年以后，我明了：说出来的苦不是苦，摆出来的难不算难；阴雨过后是晴天，风霜冰雪见阳光。

像大地一样，阳光明媚，又是一个春天。春天来了，乡亲们脸上光亮亮的就想着要做些什么。做些什么呢？大地，大地上化生万物。只有大地上，才真正是乡亲们的巴望——春种秋收，种瓜得瓜，种豆得豆。

转了一整天，回来的时候我们在三爷的禾坪里歇了歇脚。这时，我看见三爷的小孙子正在他的田字格里一笔一画、工工整整地写着：山、石、土、田、人。在每个字后面，他照着课文组词：山——山水；石——石头；土——土山；田——田地；人——大人。立时，我清晰地记起自己小时候最早学过的课文：上中下，人口手，山石土田，日月水火……我愣怔了一下，然后久久地看着，三爷小孙子的田字格立马生动起来，茁壮起来，仿佛在一圈一圈地扩大，长高……大地上仿佛有山，有水，有土，有田，有石，有屋，有人……像乡村一样，像亲人一样，像大地一样！渐渐地，一切鲜活如初，坚实如恒。

天空，慢慢地灰暗下来。我看了一下四周，又抬起头来往远处看。天边，突然显出一线亮亮的光来。光辉映照下，我猛然记得一句话：神说，要有光，就有了光。

大 地 清 明

又是一年清明时，我和许多人一样，总是如期而至。

我们一起向杨里塘的老祖坟山上走去，向青草更青处走去，去赴一场人生的盛宴。祖先们，仿佛都从泥土中醒来，长幼有序，排排坐定，喜笑颜开，把酒话桑麻。谈起去年土里的收成，今年的新打算。问起猪牛鸡鸭好不好养，娃儿出息没出息……主事的，就一五一十向祖先们禀告，生怕漏掉一丝春天的讯息，大地上的甜美。

我们做晚辈的，依次一一跪拜下来，跪成一地嫩绿生鲜的蔬菜瓜豆。祖先们见了，一起好欢喜呀。我偷偷地抬起头来，一眼瞥见奶奶端坐对面。奶奶，还是那般清和、安详，比安详还安详，比温暖还温暖，比清明更清明，比美好更美好。

方圆几十里，谁都知道奶奶。只要一提起她，总有人接茬：喔，善塘铺里的奶奶……不管大人、小孩，大家都喊她奶奶，盛赞她的种种美德，传说她的许多善事。我家的房子紧靠路边那口荷塘，塘边几棵大树，枝繁叶茂，像一道绿色的屏障。一条阡陌小路，载着浓浓的绿荫，晃晃悠悠地伸到我家的门前。阳光下的走廊上，总是坐着和蔼慈祥的奶奶。这无疑是个好去处。过路的，闲聊的，认识的和不认识的，见了奶奶都亲热地喊一声，便能喊出奶奶的笑声和奶奶的茶水与坐凳。要借个物什，或者手头短缺点油盐钱，有奶奶在，只要一开口，都不会落空。碰上吃饭时刻，还会被硬拽着坐到饭桌上……我问奶奶，你这样有求必应，救苦救难，不就是大家敬奉的观世音菩萨吗？奶奶瞬时用眼神制止我，说，可不能乱说，哪敢比啊？奶奶说，我们是善塘人，善字当头，一心向善才是。你们长大了，不管走到哪里，都要记住自己是善塘人，善用其心，善待一切。只有这样，你们一生，才能坐得住，站得稳，行得正，走得远。

奶奶还说，你们都是农家娃，切莫忘了出身，切莫忘了归家的小路和乡下的禾田。有事没事，常回家看看，在一块块禾田间走走。走进禾田，你们就会感受到春天的脚步。一田汤汤的白水，随着清新的泥土哗啵哗啵地翻转着；一兜兜嫩绿的秧苗，莳下去，莳下去，星星点点地起绿……荷锄一杆烟的工夫，只见一块块禾田拔节，铺成齐腰深的一片片绿毯，你连我，我连你，放眼望去，无边的绿毯接到天边去了。到秋天里，落下满地的金黄，乡亲们个个兴高采烈，村庄上空飘荡着和和美美的气息。有一天，我边走边语：禾禾禾，和和和……我忽然发觉：乡下的禾田，熟悉的禾田，原本一直都是那么的和谐！齐齐整整也好，累累垂垂也好，绿汪汪也好，黄澄澄也好，抑或是冬天的一片空旷也好，铺在乡村的任何一个地方，都是一幅乡村最美的画图，美得自然天成，美得无言、无缺。这禾田，这和谐，是不是一直在向我们昭示着什么？奶奶没有说穿，奶奶只要我们常回家看看，在禾田间走走。也许，只有如此，我们一颗浮躁喧嚣的心，才能宁静、清醒、觉悟、明慧。和谐心灵。心善就是天堂。

　　奶奶一生，吃苦耐劳，能干，聪慧，虽然文化不高，认不得多少字，却把一切都看得清明。每天大清早，奶奶都要我去村头老井挑水，把家里挑得缸满桶满。奶奶常说，越早水越清，越早水味越正。小时候挑水的情景，我记忆犹新。第一回挑水，挑了大半桶，水总是免不了淌出来。第二回，少挑了许多，想是不会淌出来了。挑起来，一路轻快，欢喜到家。回过头一看，哟，星星点点，湿漉漉的，怎么淌了一路？第三回，奶奶要我把桶子里的水满上，再看看。我依了，竟然没再淌出来。奶奶满意地摩挲着我的小脑袋，说，看，看看，一桶水不淌，半桶水淌得厉害。挑回来，一身汗，我伸勺一舀，咕咚咕咚，一口气喝干，手一抹嘴上的水珠，骄傲地看着奶奶。奶奶又笑着问我，甜吗？我一回味，果真甜，以前咋没觉出井水的清甜来呢？奶奶看着我一脸的疑惑，说，就是嘛，自己挑的就是甜哩！……星光、月色、青草、露水、虫鸣、狗吠、鸡叫、鱼肚白，天天一早，奶奶总是吱呀一声第一个推开大门，看得很远、很远，然后，清清朗朗地大声告诉我们：山青水清，人勤水甜，大地清明……

　　小时候，奶奶还跟我讲，奶奶是伟宝（我的小名）的奶奶，也是大家的奶奶。奶奶这样说，果真也是这样做。有好东西吃，总是这个一点，那个一点，一个小孩不漏地散发着。谁家小孩听话了，奶奶就轻轻地摩挲着他的脑袋，不停地夸奖；若是哪个犯错了，也从不偏袒哪个，对我也一样。那个时候，我很是不解，别人的奶奶就是别人的奶奶，我的奶奶就是我的奶奶，怎么也是大家的奶奶呢？现在，我似乎明白了些什么。

　　奶奶还总是那样絮絮叨叨，对我们小孩说：你们还小，要懂事。本事不是娘肚子带出来的，要靠一分一分地积攒起来，攒鸡屁股（鸡蛋）一样，攒足本钱了，心里有底，就会遇事不慌、处变不惊。本事，是壮身的，多了，不压身；少了，挠头掏手心都不行，手心上哪能煎出个鸡蛋来？本事，少不得，也虚不得。虚了，再装，打肿脸也充不上个胖子来……其实，奶奶对我们并不是太严格，对我们的玩耍也只是适当地加以管束。很多时候，她都是由着我们一班细伢子蹦蹦跳跳，带着我们一起去看热闹、赶场面。

有时候，奶奶还会带着我们去爬屋后晒谷坪边的小山头。爬山时，她又絮絮叨叨，说，要昂首，要挺胸，眼要看前方；向上，向上，再向上，不得停歇。做人做事，都得这样！……我们站在山巅，一齐向山那边喊，喊得群山响应，林涛阵阵。眺望远方，满目翠绿，万物迎春，千山时花。静下来，我们躺坐在软绵绵的山坡上，看着弯弯曲曲上山的路，一阵绿色的山风拂过，心身清怡。奶奶说，你们以后要爬的山还会很多很多，要一直保持今天这样向上的好心情。我们一个个似懂非懂，鸡啄米般的头点个不停。现在，体味体味、琢磨一下，那时的心情，是不是应该就叫"向上的绿色心情"呢。若真是如此，在今后人生的爬坡中，我们一定要时刻保鲜着这份"向上的绿色心情"。

奶奶说，春天了，春天了，大地迎春，大地仁春。奶奶认得"仁春"二字，我也从小认得"仁春"二字。奶奶就叫王仁春，她有一个小小的印章，字虽小，笔画也细，却一笔一画，清清楚楚。奶奶常常拿着这个小小的印章，三不三（家乡土话，意即不时）地又拿回一张手掌宽的纸片片（汇票）。然后，奶奶郑重其事地戳下一个个红砣砣后，我们一班"细把戏"就会有好吃的、好玩的。那个时候，我们围着奶奶，踮脚看着那张小纸片，全神贯注地盯着那个小小的红砣砣。奶奶笑了，笑得很开心，用手指指着，说这是个"仁"字，说这是个"春"字。"仁"字是什么？是一个人正直地立着，说一不二。"春"字是什么？是三个人过好日子哩！我们一个个不解。奶奶要我们一个个伸出手掌，用手指头在我们每个人的手心里一笔一画写着，肉肉的，痒痒的，温温的。奶奶说，仁嘛，左边是个立人旁，右边是个"二"字；春嘛，分开来，上边是"三""人"，下边是个"日"字。我们一个个恍然大悟，都跳起来，一个个像中了彩一样，连声说，就是嘛，就是嘛。奶奶说，三个人过好日子，就是你们的爹，你们的娘，还有你们这些小把戏。讲文一点吧，就是男人、女人和孩子；讲大一点吧，就是天、地、人，泛指天上的神仙、地下的鬼魂和大地上的生灵。我们听不了这许多，一个个都急急地问：奶奶，奶奶哪去了？奶奶笑着说，我在看着你们，你们一家家在过着好日子就好。别管我，我开心还来不及哩。

后来，我们一班"细把戏"一个个都离开了乡下。过不了多久，我们就回乡下去看奶奶。奶奶很高兴，絮絮叨叨说她敬过神的，神灵的保佑！她说神灵得很，不然你们都身体硬邦邦，精神兴旺旺，工作顶呱呱，平安无事的一个个！奶奶送我们走时，要送好远，一程又一程，看着我们说：你们赶上好时候了，要攒起劲！别老想着奶奶。边说边回过脸去。我问：奶奶，你怎么了？奶奶擦着眼睛，爽朗地一笑，说：奶奶高兴着呢！走，走好！奶奶会敬神保佑你们的。奶奶似乎看出了我们的疑惑，说，傻小子，你们记着，神就是自个儿！这样，啥都不怕，啥都不愁。又很响地拍着胸脯，让人不能怀疑。是啊，春来自意，月安于心！

奶奶的絮絮叨叨，就如同她的那架纺车，咿咿呀呀地，悠扬而绵长，一直唱到火塘边的油灯快干的时候，还是那样的好听，令人动情。奶奶要走的时候，把我叫到她的床前，絮絮叨叨："人嘛，一生一世，就两个字，一个是生，一个是死。生就好好地生，死就静静地死。心存清明，一世淡好。"奶奶还说，"想奶奶了，有什么好事，有什么委屈，有什么疑惑，清明那天，都要一股脑儿告诉奶奶，让奶奶放一百个心。"奶奶说得平平淡淡、安安静静，眼角竟还露出浅浅的一丝笑意。听到这里，我心酸了一下，眼里簌簌地掉下几滴热泪。我动情地品味着奶奶的絮叨，心海汹涌。

年年清明，今又清明。山青水清人更亲，故乡星星亮晶晶，雨相心想梦清明。

也许有人会问：众生芸芸，置身尘世铅华中，人生看得几清明？

想想，其实，如奶奶说的一般，简单明了——心路静好，大地清明，九天敞亮。

大地无乡

近来常常做梦，梦见一个人立在大地上，四顾茫然。孤独的我四处游走，找寻，盼望，总是找不着一处熟悉的风景，听不到一声亲切的乡音土语，看不见一个亲人和乡邻，只有无穷无尽的黑和深不可测的寂静缠绕着我。我想，我是找寻不到我最初的童年了；我想，我是回不到故乡的怀抱中去了。我怕，无比后怕。我怕无边的黑把我的目光和心一点点地侵蚀，我怕再也等不到天亮；我怕会迷失方向、迷失自己。我在梦里抓呀抓，哪怕是故乡的一根救命稻草……

故乡的路程其实很近，却离我很远。我想，这些年也许是我走得太远了，飞得太高了，远离了故乡的心脏。我一个人在城市的胃里行走，是那些汤汤水水把我的胃伤得不轻，整日里的熙熙攘攘更让我的心烦躁不安。走起路来，我也没有从前那样脚踏实地、稳当当的感觉，总是感到轻飘飘

第二辑／白水点灯

的，脚步踉跄。我从前的耳聪目明也在一日一日地消弱和减退。春日里，我常常听不见染绿的声音；冬天的一地雪白，也经常让我目眩；窗外的风风雨雨，总是让我担惊受怕。

我看见很多人走在路上，与我一样，来来往往，忙忙碌碌，脚步匆匆，眼光关注而又急切，仿佛是去奔赴一场生命的盛宴。我不认识他们，他们也不认识我，形同路人。我怔怔地看着他们，想和他们搭讪，他们一个个只顾急急地行走，根本不看我，丝毫不顾及我的感受。我不知道他们要到哪里去，他们能够去哪里，最终又会去哪里？我定定地想：一个人走在大地上，当他无法把心靠近脚下的土地，嗅不到故乡的味道，看不见袅袅的炊烟，他是找不到回家的路的……

我久久地站在笔直的水泥村道旁，望而却步。当俯下身来时，我看见成群结队的蚂蚁。顿时，我觉得自己渺小得就像一只蚂蚁，甚至还不如一只蚂蚁。它们也许小得只是一只蚂蚁，也许贱如草根，却总是无比的勤劳、团结和强大。潮湿、温暖、肥沃的土地，是它们的安身之处、立足之地、生命之本。你看看，一只只蚂蚁，总是一起工作，一起建筑巢穴，一起捕食。一个个，拉的拉，拽的拽，即使是一只超过它们体重百倍的螳螂或蚯蚓，也能被它们轻而易举地拖回巢中。它们尽管没有飞翔的翅膀，从低处爬行，但也能跃上树枝，登上高楼。

有一天，我读到美国学者吉姆·罗恩说过的一段话：多年来我一直给年轻人传授一个简单但非常有效的观念——蚂蚁哲学。我认为大家应该学习蚂蚁，因为它们有着令人惊讶的四部哲学。第一部：永不放弃；第二部：未雨绸缪；第三部：期待满怀；最后一部：竭尽全力。这是多么令人叹服的哲学！读完，我的心灵也为之一颤！

是啊，我一个人在城里打拼多年，尽管使出浑身解数，却总是势单力薄，无法找到一个生命的出口。至今，我仍然懵懂。结果，我离开生命的故土，单枪匹马，在铜墙铁壁的城市中把自己弄得身心疲惫，甚至撞得鼻青脸肿。原本，我远远不如一只蚂蚁，我根本不懂得一丁点儿的蚂蚁哲学。蚂蚁有很强的求生欲望，我们常常看见被水淹没的蚂蚁，它们总是努力地挣扎，拼命地爬上爬下，找寻生命的出口，脱离危险和困境。是的，热爱生命的蚂蚁启示我们，我们也应该热爱自己宝贵的生命。生命是短暂的，生命更是美好的。感受生命，珍爱生命，生命之花才会盛放出永不凋谢的花朵。我们了解蚂蚁，就是了解我们自己，了解生命的意义。事实上，儿时奶奶早就问过我：蚂蚁有几条腿？蚂蚁怎样搬家？蚂蚁如何上树？蚂蚁啃不啃骨头？蚂蚁是一群还是一只？……可惜奶奶的满嘴"蚂蚁"问题，儿时的我不甚了了，缘于儿时的我爱坐在地上玩耍，我一直无比地厌恶蚂蚁。一听奶奶说起，直觉得蚂蚁连线地爬上来，爬了我一身，麻痒难受。

奶奶晓得我的好恶，笑着说，还记得蚕宝宝吧。其实，我知道奶奶又是在笑我了。小时候，奶奶总爱笑我像一个蚕宝宝，白白的，肉肉的，胖胖的，嫩嫩的，尤其好吃好睡。奶奶见人就说，宝宝馋，宝宝蚕；馋宝宝，蚕宝宝，饱养蚕宝宝呢！我总是不明就里，但也不好反对奶奶，一任奶奶笑说。后来，我和一班小伙伴也学着大人们养起了蚕宝宝，发现了很多问题，就和奶奶理论。蚕宝宝刚从卵中孵化出来时，细得像蚂蚁，黑黑的，身上长满细毛。我双手捧着纸盒走到奶奶身旁，抬起头一脸挑衅地看着奶奶。奶奶并不回话，笑容可掬，慢慢地说，过两天，过两天再看看。怪了，两天后蚕宝宝身上的毛立即不明显了，一眨眼，蚕宝宝胖乎乎、肉嘟嘟的，蚕宝宝长大了！我满以为是奶奶耍的障眼法，要奶奶说个究竟。奶奶竟神神秘秘地说我跟蚕宝宝一样。我说奶奶骗人，哪儿跟哪儿的事哩？奶奶就一五一十地说，讲我刚生下来时，也是黑瘦黑瘦的，皮皮扯起好长好长，毛手毛脚，皮包骨头。后来我就跟蚕宝宝一样，整日地吃了睡，睡了吃，养得白白胖胖，滑嫩光鲜。只不过，蚕宝宝吃的是桑叶，我吃的是奶水、米粉；蚕宝宝睡在软绵绵的绿色桑叶的华被上，我酣睡在母亲温暖的怀抱中和铺满干草的大床上。奶奶说，尽管那时候日子过得紧巴，一家人总是勒紧裤带省下来给我吃。奶奶还说，养蚕宝宝跟养儿没有什么两样，都娇嫩得很，冷不得热不得。冷时，要用干柴干草给蚕宝宝取暖。这样，蚕宝宝才会长得快，长得好。

如奶奶说的一样，转眼间我也长大了。长大了的我来到了城里，来到城里的我似乎忘记了蚕的生长全过程。或许是我只记得饱养蚕宝宝的幸福和快乐，或许是奶奶没有跟我细说蚕长大后破茧成蝶的道理。其实，我应该早就知道的，只是孩童时的我贪玩，懵懵懂懂。及至我在学校里才学到这样的书本知识：长大了的蚕，过了一段时间后便开始蜕皮。约一天的时间，它不吃不睡也不动。蚕经过第一次蜕皮后，就是二龄幼虫。然后每蜕一次皮，就增加一岁。通常，蚕要蜕皮四次，成为五龄幼虫，才开始吐丝结茧。这时，五龄幼虫需要两天两夜的劳累，才能结成一个茧，并在茧中进行最为痛苦的最后一次蜕皮，成为蛹。最后，蚕破茧而出约十天后，羽化成为蚕蛾，破茧而出，获得新生。只是，课本上的东西，我学了就丢了。我知道，观察蚕破茧成蝶的过程是需要耐心的，要用心去体会。而现在，我更感到我学习蚕破茧成蝶的重要和迫切。我曾想，倘若奶奶儿时教我懂得这一道理，倘若我早已洞悉蚕在其生命轮回过程中每一个隐秘的细节，我不至于现在这样痛苦、彷徨、苦闷、窒息。

破茧成蝶，无疑是心灵的一处驿站，是生死轮回的一个美梦，是生命的一次复活，是人生的一种境界。为了美、为了自由、为了大爱、为了希望……蚕能破茧成蝶，况且人乎？于我来说，一切一切的困境和痛苦，又有什么可怕？！放眼望去，大地上到处都是一个个白茧，圆圆的、温润的、堆积如丘，阳光点点照耀着，晶莹透亮，光彩夺目，天地间一派幸福和梦幻。

静下心来，我猛然觉得：一个个白茧，是一处处安心的天地，无穷的丝是它对大地缕缕不绝的爱；一只只飞蝶，是一个个生命在绽放，梦想在放飞。我不禁感喟良多，唏嘘不已。

安静的时候读古人，发现古人高明睿智，佛心慧语。大诗人白居易感唱最多，在《初出城留别》中有"我生本无乡，心安是归处"，《种桃杏》中有"无论海角与天涯，大抵心安即是家"等语。东坡居士也说："此心安处是吾乡。"

是的，大地永无乡，心安是吾乡。人在凡尘，不如意事十之八九，但常想一二，心存阳光，快乐相随。俄国历史上著名的探险家欧文·姆斯是第一个活着走出塔克拉玛干大沙漠的人。当人们追问其秘密时，他笑着回答："心存阳光，你就是自己的神。"俄罗斯著名诗人巴尔蒙特又有这样的诗句："为了看看阳光，我来到世上。"

阳光下，一大片一大片金黄金黄的油菜花，在风中摇曳，灿烂绽放。一只只蜜蜂嗡嗡地醉入这偌大的花海中，它们激动不已，忙碌不停，在花丛中穿行，飞上飞下，快乐地舞蹈。它们永远不知疲劳，采花酿蜜，甜美人间。有资料显示：一只蜜蜂为了采酿一公斤蜜糖，大约费时一年零三个月，采花七百万朵，飞行的路程相当于绕地球六圈。尽管如此辛苦，蜜蜂们依然子子孙孙乐此不疲，兴趣盎然。想到这里，我为这些小小的生命感动不已。"采得百花成蜜后，为谁辛苦为谁甜"……

离开这片醉人的风景，我看到乡村最美最朴实的风景——女人和鸡。立马，我看到了从前的农村：一户户农家，最惹人喜爱处，就是一只只鸡屁股。鸡是农家的宝贝，吃饭靠它，穿衣靠它，娃娃读书靠它，添置家什也靠它……一切的一切，都靠女人养鸡，从鸡屁股眼里抠出几个蛋钱。那时的农村，家家都要买几只小鸡仔养着。这样，女人心里才有底。女人身前身后，离不开跳上跳下啄食的鸡仔。在女人看来，自家的儿女也是一只只小鸡仔，养着，就有了盼头。当儿女大了，男的就要顶起家里的梁柱，不能阴只能阳，要能够"打鸣"，女的就要"咯咯咯"地会下蛋。如今的乡下，开销早已不是从前的模样，家家的小"鸡仔"也都走出门去，引吭高歌，唱响生活。唯一不变的是，在家的女人还是那样拢养着鸡，晒着和煦的阳光，怀想着从前。

第二辑／白水点灯

也许，女人在想：鸡是什么？鸡，是又一只鸟！在她们的心里，是飞不走、永远飞不走的一只小鸟。我想她们肯定也是这样想的，我也是这样想的。这样想着的时候，我回到了故乡荷塘前那棵开枝散叶的大树下。阳光透过繁茂的枝叶，斑斑点点地洒落在我的身上。

30多年前，我沿着小溪走出村庄，现在我又重回到故乡的小溪旁。小溪还是那样缓缓地流淌，悠悠地哼唱，阳光一点儿一点儿地追赶着，一路走走停停，听小溪不停地歌唱。我蹲下来，捧一掬清清的溪水，看行云流水，看春光点点，看万物淡然……看着看着，我发觉自己变成了一尾小鱼儿，在溪水里游动、嬉戏，自由自在、欢快地追逐着。远处，有三两孩童骑在牛背上，一个个悠然自得，大声地念诵着《三字经》"……犬守夜，鸡司晨。苟不学，曷为人。蚕吐丝，蜂酿蜜。人不学，不如物。……"带着晚霞一起回家。他们的背后是绵延的大山，安宁而又平和。

大地静美

就是这么一幅简单的农民画——《老书记》，曾经轰动一时，围者如堵，驰名中外。先是上京参展，随即巡展全国八大城市，后被印制成年画、挂历、水印木刻等广泛发行，据说当年的发行量仅次于《毛主席去安源》。

今天，在我看来，这是一幅淡定静美的画，令人经久不忘的乡村一角。

老书记很安静，很生活，很唯美。尤其眼神是那样的专注，令人不忍打扰他。就让他那样久久地静坐着，专注着，思索着，远远地进入画面，定格为一个时代的印记。

画中的他，是真实的，令人动容的，尤其给人以美好想象的空间。所以，我想，他一定是个好书记，大伙儿想必都欢喜他（小时候，"好"与"坏"是我们通常判断一切事物最根本的标准）。在老书记的脚下，一切都是那么安然和美好。那石头，被铁链缚住，一侧有枕木固定，安安稳稳踏踏实实地躺在他的面前；那铁锤，那钢钎，那比拇指还粗的箩绳，那带着时代烙印的黄背包，都静静地侧靠在他的身边；头顶烈日的草帽此时也总算歇下了，被随意地摘下来翻在背后，膝上平铺着一本看得津津有味的书，书脊中间还搁有一根随时用来勾画重点的铅笔；烟斗衔在嘴里，他一手握着火柴，一手漫不经心划着火柴准备吸烟；尤其他头顶上那有些灰白的短发，向后满是精神地翻卷着……看来，这一切的一切，都在老书记的安排和掌控之中，一件件物什，就像一个个鲜活的生命，谨遵他的吩咐，静等他的号令，该歇息时歇息，该集合时集合；只要他一声喊，一个手势，个个就都精神起来，立马跃跃欲试，冲锋陷阵，与天斗，与地搏，山河为之让路，风浪退避三舍。

那个年代，是人定胜天的时代。我一直都在揣测着，作者为何不画一个恢宏的场景：红旗猎猎，人声鼎沸，开山修河，围海造田，老书记指挥千军万马，气吞山河势如虹，呼星呵辰使山崩。就是不搞这样的大场面，老书记也应该工作在劳动第一线，有声有色，声情并茂，有绿叶有红花，干部要有群众来陪衬，否则就不能显示出老书记就是老书记。

在我的印象中，老家农村的老书记就是老书记的姿态。那个太大子，是我最憎恶的老书记，他常常牵着奶奶去大队部批斗。不仅如此，他不是揪这个，就是斗那个，颐指气使。他整日里在高音喇叭里高声大吼，骂骂咧咧,在村子里"横冲直撞",肆无忌惮,无人敢惹。太大子每次来我们家,奶奶都是把我护小鸡样的护在身后。我站在奶奶双腿的缝隙中,看见太大子总是怒目圆睁,凶神恶煞,令我不寒而栗。在我们村子里,若有哪家的小孩哭闹不听话,就有人说,太大子来了——一声喊,小孩立时噤了声。当着太大子的面,村子里的人大都像"哼哈二将"一样,背地里却个个指指点点、嘀嘀咕咕,隔好远都戳他的脊梁骨。唯独奶奶,当面不怕他,背后对他更是不屑。奶奶其实也是穷苦人出身,只不过曾经做过地主家的小妾,就被太大子上纲上线。有人讲,太大子家一直和我们家有过节,有企图,于是寻着这机会对奶奶下狠手,在大队部好多次把奶奶"放飞机""吊半边猪"。奶奶每次去大队部,总是穿得齐齐整整,临阵不乱,坦然面对,咬牙坚持。奶奶每次回家,我都要围着她全身上下前前后后左左右右看个够,看奶奶哪里青了,哪里紫了,哪里肿了,哪里瘸了,哪里有了血痕。奶奶总是笑,我就咬牙切齿,说总有一天我要找太大子报仇雪恨。奶奶抚摸着我的小脑袋,说,报仇不如看仇,看他能横行多久?果真没多久,太大子的书记位置一下被捋了,大伙儿再也不用担惊受怕了。太大子整个人蔫茄子一般,耷拉着脑袋,远远看见有人就急急地躲开,仿佛幽灵般悄无声息地消失在村子里。好在乡里乡亲的都不记仇,善良、仁义得很,一个个竟有点不好意思一样,还主动地和他搭讪。村子里也就恢复了往日的正常。日子如水,平静无风,倒也一日捱过一日。

接下来,我们村子里的书记是伍书记。他的大名叫伍开田,他是想有番作为的,看他的大名,大伙儿就可想象一二。他常常在大会小会上做报告,传达精神,安排工作:一、二、三、四……几大点,1.2.3.4……几小点,前前后后,上上下下,讲清楚,摆明白,吃深吃透。每次开会,他总是先动员,再强调,最后做总结。声音先是慢条斯理,慢慢地中气十足,最后竟是慷慨激昂,高亢入云。只是,他这样起劲,下面的人,一律我行我素——男的，抽的抽旱烟，搓的搓草绳，还有的把呼噜打得山响连连；女的呢，打毛线的打毛线，钻鞋底的钻鞋底，有的大大方方敞开大奶子奶细伢子，也有的正在家长里短讲得过瘾，唾沫飞溅；孩子们一个个不停歇，你追我赶，跳上跳下，摔跤、跳田、飞飞机、丢手绢、过家家……有一两个小的赶不上趟儿，或者一不小心摔在地上，亮亮地哭两声，只一会儿就站了起来，把脸上的灰抹一下，又抹一下，抹成一个三花脸，伙伴们就笑他，他也跟着破涕为笑，再次加入那一片欢笑吵闹和无忧无虑的天真场中去了。当然，也有几回，伍书记报告做得累了，晒谷坪里竖起两根柱子扯起幕布放电影，那又是另一番场景，一个个停下手中的活计，就连孩子们也定住了般，屏息静气，一个世界安静了，另一个世界又是另一番热闹。

伍书记在我们村里一干就二十多年，大伙儿都说他的心思好，人也好。他不做报告时，就像一个老农一样，该上工时上工，犁田打耙、撬石扛树、担粪挖土……该歇脚时他却歇不下来，一个人总爱在田野里转，从嫩绿秧苗苗开始到一日日往上长的青绿禾苗，他无一日不"看青"；稻子长穗了，稻子黄澄澄地压弯了，熟透了，他"护秋""收秋"。他也爱上山看树，上水库边看水。有时，他一看就是一早晨，或者一晌午，或者半夜天，这样的时候，他是沉静的，充实的，喜悦的。只是，每到深夜，他的脑袋里总是静不下来，空空荡荡，烦躁不安。在村子里，他处理一应大小事情，总是不偏不倚，一碗水端平，因此村子里盗鸡摸狗鸡飞狗叫的事情并不见多。在那些年月里，却总有人家里头缺粮受冻，总有夫妻俩为了油盐钱吵了嘴，弄出一些不小的声响，惹了一村的平静。这种时候，伍书记也去，却解不了事。他若说得急了，人家暴跳地问他：你能从兜里掏得出粮食吗？你能变戏法似的拿上几个油盐钱吗？于是，有人就见到伍书记每每在这个时候总是皱眉烂额的，看看天，跺跺地，阳光如昨，大地依旧。其实，大伙也记得伍书记在任时有过一次大大的作为，他把村里的榨油场废了，办成了村里的第一个小学。那些天，村子里沸腾起来，村子里的大人小孩都朝学校走，伍书记总是第一个早到，唱着国歌，带着大伙儿高高地升起一面鲜艳的五星红旗。升旗毕，大地又是一地沉静，太阳出来了，闪闪烁烁，一点儿一点儿地高挂起来。

凤娥姐就是从这个学校走出去的，我也是从这个学校走出去的。走出去的，一个，两个，三个……后来是，一批，一批，又一批。走出去，有转了个圈，又回来了的；也有走出去，不回头的。走出去的，凤娥姐是最早回来的。她高中毕业回村，一根粗辫子在村子里甩来甩去，还常常哼唱着小调。村子里并不因了凤娥姐的走动而有些许不同，炊烟还是那么淡白淡白，有气无力，黄黄的太阳下，有老人和狗打着盹，鸡们有一搭没一搭在啄着虫儿，远处的老黄牛从山岗上慢慢地下来了，一声长长的哞——拖得人人都想早早地回家困觉。凤娥姐就不，总是在村子里这儿看看，那儿看看，一双漂亮的大眼睛转个不停，长长的眼睫毛扑闪扑闪。在那些日子里，她先是来到我家，嚷着要跟我妈妈学裁缝，也怪，没几天她就能把缝纫机踩得"扎扎扎扎"地响个不停。后来，她又跑到大队小学校里拿起粉笔，"横竖点撇捺折勾"，一丝不苟，把一个个细伢子"咿咿呀呀"教得滚瓜烂熟。终没有多久，凤娥姐又在大队部里像模像样地当起了团委书记。惹得凤娥爹妈嗔骂道：死妹娃，看看能疯多久？一点儿不正经。凤娥的爹妈所说的正经，是农村女娃应该正经地做姑娘，正经地嫁婆家，正经地生儿育女孝敬公婆，正经地收媳嫁女熬成婆婆终老乡里。

凤娥姐自从进了大队部，就一根粗辫子跟在伍书记后面甩来甩去。伍书记很看重凤娥姐，常常在人前人后夸她的聪明才智，夸她的深思熟虑，夸她的宏图远大。但没有一个人把伍书记的话当回事。直到有一天，伍书记跟乡里的书记正儿八经地说自己也该退下来休息休息了。伍书记早不退迟不退，偏偏这个节骨眼上退下来是早有打算的，原本是想把凤娥姐推上去。村子里有些人就嘀嘀咕咕：这怎么行，这怎么行呢？甚至有些人还风起云涌起来，找乡里领导，找伍书记，找村子里辈分大的老人，找凤娥爹妈，一个个起劲劝说，横加干涉。还有许多人当面背后都对凤娥姐不屑，哼，一个黄毛丫头，也不看看自己几斤几两，岂能搅得动水响？爹妈听了村子里上上下下的话，很是担心，不准凤娥姐七里八里，男不男女不女，逼着凤娥姐嫁人。没多久，凤娥姐拗不过爹妈，嫁了大院子的后友，一根田埂就抬到了婆家。爹妈料想，嫁了人，应该会服服帖帖，不再东跑西颠了。也就过了三两天，凤娥又出现在村子里，风风火火，越发的精神。她不仅报名参选村支书，而且还到处发表什么竞职演说。村子里有些年龄大的人都躲得远远的，异样地笑看凤娥姐。只有一班小青年跟在凤娥姐后面屁颠屁颠的。我也一样，爱跟着凤娥姐，爱看她一双黑黑的大眼睛，爱看凤娥姐扑闪扑闪的长睫毛，爱看凤娥姐一根甩来甩去的粗辫子。

有一回，凤娥姐问我：村子里为何三不三（时不时）就有人打架相骂？为何又有些人不明不白不阴不阳地没影（死）了？一听，我眼前立马浮现了几个人，有些后怕：数九寒天里，冬月婶饿得不行，敲开水库上的冰块去捡翻了白眼的死鱼，咕咚一下掉进冰窟窿中；秋菟子，一个粗壮的大汉子，在眩晕的金黄色的阳光下，在秋天无边无野的金黄里，一个人抛妻弃子，变作一炷黄烟，飞散了；老是咳嗽的三伯，时常用一只布满生活茧花的手捂住嘴，终是捂不住吐出来的满手血丝，在一个如血的残阳中安歇了；还有后里哥，讨不到婆娘，阴阴郁郁的，二十五岁不到就成了短命鬼……凤娥姐见我惊恐万分，立马平静地抚摸着我的头说：要知道，穷相骂，恶打架。一个人没有想头了，活着也是没意思的！尽管当时并不深明凤娥姐话里的意思，我却频频地点头。凤娥姐立在我面前，美丽动人，智慧一身，摇曳多姿。我常常在奶奶和妈妈面前净说凤娥姐的好话，说得凤娥姐简直像天上的仙女一般。有时，我还无头无脑地自言自语：只可惜凤娥姐嫁人了，只可惜凤娥姐又嫁错了人……凤娥姐就是凤娥姐，她不信命，不认命，也不听软磨，也不怕硬来，义无反顾地提出离婚。如此一来，有些人放出话来，要是这样的人带头，岂不乱了套了？

凤娥姐还是凤娥姐，仍然把自己打扮得漂漂亮亮，在村子里走来走去，还常爱站在村口的小山坡上去望远方。她也和伍书记一样去看水库，看时，眼珠子却滴溜溜转，她一边看一边给一起去看的几个小青年描绘蓝图：圈养鱼，置几艘游船，宽阔平坦的水面上，银光点点，碧波荡漾，水波粼粼，鱼跃人欢，风景无边，商机无限……她还和伍书记一样，一丘丘田土看过去，肥的、瘦的，高坎的、水田的，向阳的、背阴的，都要一一分清，因地制宜，科学种养。她说，该种植水稻的种水稻，该养殖的就养殖，该栽种凉薯的种凉薯，该栽烤烟的把烤烟房砌起来，把烟叶铺种开，该种金银花的就要大面积开发……就在那一年，村委会总算换届选举了。连选了三场，凤娥姐都是遥遥领先。那一年，凤娥姐离了婚，此后多年一直独身。那一年，我也离开了生我养我的小山村。

多年来，奶奶一直托人带话，要我回乡下看看，问我还记不记得凤娥姐，问我还记不记得小光？我问奶奶，凤娥姐还是那样美吗？小光是不是出息了？我可记得他是我们小伙伴中最爱流鼻涕最胆小的一个。去年秋天里，我跟奶奶说，我想去会会小光，想去看看凤娥姐，想去陪陪伍老书记。我还要在平静的村子中走走，去田野里转转，去山上握握长高长粗的大树，去水库里试试瘦下去的秋水。奶奶很高兴，我更是高兴地说，奶奶，其实我最想陪您静静地晒晒太阳，吃上几块香喷喷的腊肉。奶奶，您还记得吗？小时候，您总是把腊肉存放好长时间，在别人没有肉吃的五黄六月，您总要在那个铝制的小碗里给我蒸出几大块黄亮黄亮鼓鼓冒汩汩油的腊肉。这个时候，您总是微笑地安坐在一旁看着我，看着我吃得猴急，看着我满嘴流油，看着我打着长长的饱隔。奶奶说，哪还不早点回来，快快坐明天的早班车回来！你回来看看，村子里很多人新修了屋，都是一座比一座豪华的高楼。村子里还修了水泥路面，一直通到我们的屋门前……奶奶的高兴从电话那头涌到我的面前。奶奶还说，晓得不，小光搭帮了凤娥，小光再不是以前那个小光了！若不是你凤娥姐费了好大的劲找到县长书记，争取到了项目，又帮他担保贷款，就是借小光一个胆，也是没有丁点作用。你回来，要小光领着你去看他砌得考究的四个烤烟房，还有那正在疯长着大片大片的烟叶。晓得不，小光请了好多人帮他打工，有得大赚了……

　　去年因抗冰，我没有如期回去。现在，我回来了，我回来了——小光来了，凤娥姐来了，乡亲们来了。真的，老家真是变得太多！没变的，是乡亲们的人情冷暖，浓浓的乡语，大山的静穆，土地的肥沃，泥土的清香，五谷的醇香，还有那醉人的米酒，温暖的火塘……我一夜无眠。第二天，在晨曦的恬淡中，我一个人早早地上到村口的小山坡上。这个小山坡，是我小时候最初的向往和放飞梦想的地方。雾霭中，我看见凤娥姐也早早地立在那里，早晨的第一缕阳光从山头射下来，缓缓地爬满她平静的脸庞。凤娥姐还是那么的美丽年轻，黑黑亮亮的眼睛还是那么有神，长长的眼睫毛依旧扑闪扑闪的，只是那一根粗辫子消逝了，那一脑飞散的短头发，有好几根都灰白了。我走近了，凤娥姐正看着远方，似是自言自语，又好像是回过头来对我说：风和日丽，春回大地，大地像孩子！我的心怦然一动，久久地陪凤娥姐立在村口。她不时地引我四处远眺，呵，远处成片成片的金银花在冉冉升起的阳光下开得烂漫，铺天盖地的金黄、银白，黄白相映，被翠绿的叶蔓衬托着，那气派，那场景，那丰收的气象，我想我是陶醉了。这时，一阵微微的风飘来，一股股金银花清香的气息，迷醉沁人。

回到院子里，整整一个晌午，接着整整一个下午，我，一家一家地串门，一句一句地嘘寒问暖，家家都很热情，待我如上宾。来者不拒，我大口大口地喝着米酒，有滋有味地吃着农家菜，紧一句慢一句地聊着从前的时光和熟谙的人事，又三不三时不时问些村子里的柴米油盐和趣闻逸事。久久地、平静地看着眼前熟悉又陌生的村子，认识和不认识的亲人们，古朴或时髦的种种情状。家家桌上热烘烘的腊肉，还是那般香气扑鼻，肥旺透亮，随便夹起一块，足足有二三两，我大快朵颐。这时，我想到了奶奶，想到了伍老书记和那个我现在已经恨不起来的太大子。特别是眼前的凤娥姐，让我明显感觉到她老成了许多。一打听，才知道凤娥姐这些年经历太多，直到前几年才找了同村一个比他大十多岁死了老婆又病蔫蔫的男人。凤娥姐起早摸黑，又当爹又当妈，硬是把他的一双儿女双双送进了大学。这些年里，没有人知道凤娥姐的心思，只知道她爱站在村口的小山坡上定定地看着远方，凤娥姐把一生最美的时光都留在了这个静美的小山村。只是，眼前一切的一切，已是日光流水，物是人非。我看着门外的一派阳光和阳光下一片和煦的天地，不禁唏嘘不已。

正在这时，村街一栋高楼里飘出罗大佑一首叫《大地的孩子》的歌："广广的蓝天映在绿水/美丽的大地的孩子宠爱你的是谁/红红的玫瑰总会枯萎/可爱的春天的孩子长大将会像谁……"落寞的歌声或许惊了天上闪闪烁烁的一派阳光，惊了村街那头农家屋顶冒出的袅袅炊烟，惊了在村街上玩汽车玩具的一帮小孩，还有一堆围桌摸纸牌的老人和一头卧在村街水泥路面上晒太阳的老黄狗。我抬起头，擦了一下双眼，目光穿过村街、农田、小桥、流水、远山和流霞……远处，成片成片的金银花海铺开去，无声无息地蔓延到天边。

这一日，我沉浸在乡村的静美中，思绪纷飞。直至夜黄的灯挑起来时，我才醉醺醺地回到我在城市的家。一路上，脑海里总是浮现出很多异样的感受和思索。在书房里，我再一次面对《老书记》，画里幻化出伍开田老书记和凤娥姐的身影。面对这幅淡定静美的画，我的心中淘洗得净朗和安宁，洁白无瑕，无一丝杂质。推窗望去，月夜静美，星空如洗。恍惚中，我看见天空中纷纷扬扬飞落好多好多金黄的树叶，它们静静地铺在大地的温床上。我仿佛看见自己一步一步向故乡走去，走进那一天一地久违的金黄中，仰天躺在软绵绵的一地金黄的秋叶上，闭上眼睛，树叶和泥土的气息，野花的清香，还有乡村的绚丽色彩，阳光映照下的千年果实，一切都令我晕眩陶醉，周身到处都是涌动的幸福。此时，城市中的喧嚣不再，尘世的烦扰隔断，大地静美而安详！

第三辑

风垛口的老屋

风垛口的老屋

山一程，水一程，身向榆关那畔行夜深千帐灯。风一更，雪一更，聒碎乡心梦不成。故园无此声。

——（清）纳兰性德《长相思》

一

谁不晓得，在农村，起屋生子是大事，是正事，是最当紧的事。

于是，曾祖父一路忙欢着生了六个儿子，一辈子起早摸黑、累死累活、少言寡语，到头来硬生生撑起了三栋大屋。儿子们娶亲生子，两个两个分在一起，搬进一栋大屋里，开始了他们各自新的生活。

曾祖父满以为他功德圆满，安享晚年了，不想事情并不如己所料。我要说的事情就是由老屋而引起。我要说的老屋就是爷爷与大爷爷合住的那栋大屋，是院子里现在唯一保存完好的一栋老木屋。

曾祖父号连成先生，当然这是别人这么叫的。按这么说起来，曾祖父可能喝了些墨水，受人尊敬。因为，大抵先生者就是文化人的称呼。有人讲我的曾祖父中过秀才，但是无从考证。有人讲我的曾祖父做过几个月的"开明"保长，却是能够佐证的。因为，做过保长的曾祖父后来被关押了，等候处理，却正是"开明"二字开脱了他，原因是很多人饿肚皮时还从他几栋大屋的后窗里或多或少领过一些陈谷子。

看到三栋大屋没有被立即充公，曾祖父比看到自己没有被立即处理还要高兴。那些日子，他天天一个人在三栋大屋前前后后转悠，挂着"文明棍"在木板屋上这儿敲一下那儿敲两下，侧耳听听，贴近看看，又用力地把指甲深深地刻进木板里。他是担心老屋的木板哪儿虫蛀了，哪儿空了心，哪儿裂了缝，哪儿跷了角……其实，三栋大屋，天楼地楼，用的都是上好的杉木板，又厚又宽，结结实实，青漆油过，明晃晃的，能够照出人影子，却照不出曾祖父的一片心思。

果然不出曾祖父所料，三栋大屋里都慢慢地安置进了人，一户一户又一户的无房户和住房紧张的困难户大大方方地住了进来，连正眼都没看他一眼。曾祖父预料：林子大了，什么鸟都有。住进来的各是各的家，各顾各的锅屁股，各有各的打算。大屋里的木板上有乱涂乱抹的，做了记号的，钉了钉子的，挖了洞眼的，拆了门板的，火烧火燎的……情形不一而足，让曾祖父很是揪心。尽管曾祖父仍然如往日发脾气一样，把"文明棍"在一块一块的青石板上敲得啪嗒啪嗒响，再也没有一个人像以往一样屏声息气，而是一伙一伙的都在高声大笑，欢呼新的生活，视而不见他的烦躁和痛苦。

曾祖父后来就变得很郁闷，身子骨一日不比一日。不几年，卧床不起，日日睁眼看见大屋里那些肆无忌惮的人，眉头锁得更深了。查起来，又没得什么病。有一日，曾祖父把他的五儿也就是我爷爷叫到了他久卧的床边上，此时，他已说不出话来，只是用空洞洞的眼神牵引着我爷爷的目光一点一点地去审视大屋，缓缓地一遍一遍去抚慰每一块受伤的木板。最后，他把他空洞洞的眼神定格在了我爷爷身上。

几日后，曾祖父连成先生在他心爱的大屋里去了。曾祖父双眼睁着，久久地不忍离去。

曾祖父对屋如此之多的牵挂，胜过对儿孙的牵挂百倍。也许，正如人所言，一个人身前生后，他总是离不开屋的，只是死后，他是要住进另一世界的屋里——千年老屋。那么，我的曾祖父，来到另一个世界的他是否会像一个闺女一样安安静静呢？

二

我爷爷应该是他们兄弟几个中最为聪灵的一个。因为在兄弟几个中，只有他一个人做了"毕业酒"。据说那"毕业酒"就是在这栋大屋里办的，上的是流水席，谁来了，都一屁股往上坐，敞开肚皮吃喝。那时，曾祖父还在，在大屋里踱来踱去，一根"文明棍"悬在半空，双手握拳，向来客频频致意。这是我奶奶后来给我的形容。她似乎怕我不信，瞅着现今空空荡荡的老屋，说，天楼地楼，堂屋厢房都摆得满满的。要晓得，光大堂屋里就摆了十二桌。奶奶说的不由得我不信。

然而曾祖父一手创下的辉煌，特别是几栋大屋，就像纸糊的一样不久就散架了，住的住，分的分，搬的搬，卸的卸……最后，只留下我爷爷和大爷爷名下的那栋大屋。起先大爷爷也是要和我爷爷分家产的，盘算着分了家产另置地起屋的，但被我爷爷一句话挡了回去。爷爷说，我又不在屋里，有什么好分的！大爷爷还是不甘心，说，亲兄弟明算账，当然也要讲清楚写明白。要不然，住进来的人都像住大众的一样。爷爷说，反正我又不在屋里，我住也是住，谁住不是住？

爷爷其时在石江街上教书，很少回来，尽管屋里有曾祖父在时给他讨的第一房媳妇。曾祖父其实早早地给我爷爷讨媳妇是想拴住我爷爷，好让我爷爷全心全意守住全家最后一栋大屋，守住全家最后的一点风光。

现在已经没有人讲起我的这第一个奶奶、爷爷的第一任妻子了。有人讲起大屋的过去，仿佛还想起一下我奶奶。但是，仅是一个中性的称谓词，没有多少情感和内涵。因为，那时谁都讲，你奶奶就是这样一个人，看不出她和你爷爷有多好或者有多不好，也看不出她和院子里的人有多好或者有多不好，更看不出她对一切的一切是有想法还是没有想法。我的这个奶奶，后来三十岁左右就过世了，却留下三个年幼的儿女。她一辈子没有走出过大屋。曾祖父当初帮爷爷把她娶回来，就说过看她面相绝对是个会生崽能守屋的（人），果然他没有说错，只是没有料到她守不长久。在农村，像我奶奶这样的确实很多，很典型，很普通，普通到成了一个符号，一个沉甸甸、含义无穷的符号。

我的这个奶奶在一个金黄的秋天里去世时，大爷爷也早一年过世了。也就是说住在大屋里的人，已经顺延到了他们的下一代了。

风吹过一秋，很多人都看到大屋门前老树上的一树黄叶落光了。很多人也知道，落光了的老树，来年温暖的春天里照样还会长出一树的青枝绿叶！

三

聋子伯是大爷爷的独子，自然而然，成了大屋里的主角，但他却不发挥主角的作用。原因是原来抢着搬进来的那些人都搬出了大屋，加上我大爷爷和我的第一个奶奶先后去世，大屋里就显得空空荡荡。聋子伯又少打扫检修，大屋就日益显出破旧老相。这时，若聋子伯讨个大屁股的老婆回来，生个青屁股的崽，哭哭闹闹，嘻嘻哈哈，萦萦绕绕，上来些人气也就盎然得多。人气，如伴如魂，大屋也就不会这样孤寂无助了。

也许就是在某一个早上，有人起床，走到这栋大屋时怪怪地看上一眼，再看上一眼，咦，这栋屋老了，真的老了！从此，再不唤"大屋"而直呼

"老屋"了。仿佛就是一个晚上，大屋就老了，远去了。从此，老屋老屋老屋，一村子里的人都喊得顺顺溜溜。所以，村子里的人都晓得，不服老不行。也许，你昨天还碾得起石磨，扛得住枕木，顶得了禾桶，不晓得困一夜，清早起了床，摸锄头的老手虎口生痛了，人也虾弓了许多。聋子伯没娶上老婆，并不是聋子伯聋了耳朵，有什么不是，而是聋子伯其实什么都不错，聋子伯忠厚老实，田里土里，犁耙滚打，样样在行。就是一点，"三天打不出一个响屁"。这样，虽然有姑娘上门来相亲，但来过一回便再也没有第二回了。

看着看着，老屋老了，聋子伯也老了。我爷爷从石江街上回来，站在老屋前面空空的禾坪上，不知是看着老屋，还是看着聋子伯，叹了声气，唉，真个是看着看着不晓得就老了！不久，我爷爷在一个风雪交加的夜晚带回来一个女人，第二天就请了村子里很多人来老屋里喝喜酒。那天，老屋一下子又亮堂了许多，年轻了许多，聋子伯也出奇的欢快和年轻。只有我爷爷带回的那个女人一声不发，低着头。

有一段时间，聋子伯显得有生气，走路气冲冲。见了人，总问一句：呷了吗？很多人就冲他远去的背影，笑一句：哟，这个老实农民……原来从不打扫检修的聋子伯，也上屋去检过一次瓦，在正堂屋的天窗上又特意安上了两块亮瓦，还把老屋前面空荡荡凹凸不平的禾坪扎扎实实地整理了一晌午。

然而，三个月后，聋子伯的女人一声不响地走了，再也没有回来。其间，我爷爷亲自到女人的娘家门上登门拜访，自责谢罪，丢了小不算，还受尽了眼色，也终是拉不回来。自此，聋子伯便像蔫了一样，十天半月都不和人说话，一下子聋子伯就像老了二十岁。聋子伯好像老得不想动了一样，常常整日整日地躺在老屋门前空荡荡的禾坪里的长凳上晒太阳。老屋也像一个不说话的老人，无声无息地陪伴着他，从早晨到黄昏。

我爷爷间三差五回去看老屋，就常常一边围着老屋转一边大声训斥着聋子伯。聋子伯无事一般，看那屋顶上洒下无数光斑，金币满地，他说不上是喜也看不出是忧。

四

我爷爷娶下第二个奶奶时，我父亲已在石江街上读高中了。所以我的这个奶奶到了我的老屋，也先只是一个人。有了这个奶奶住在老屋，老屋就干净敞亮了许多。每一个星期天，爷爷都要回到乡下，住在老屋里。所以隔好几天，奶奶就开始打扫老屋。爷爷回来就高兴，奶奶更高兴。常常是爷爷前脚走，奶奶就开始打扫了，等待着爷爷再一次回到老屋，看到他的满脸笑容。奶奶尽管这时也大了，仍一日一日把自己打扮得光光鲜鲜的。老屋那些年里也是如此。然而好景不长，大队里开始搞"运动"，先是把巨幅的标语口号白灰灰地刷满我家老屋的前前后后，接着说奶奶曾做过地主婆做过资本家的太太，就隔三差五把奶奶从老屋里牵出来，挂牌子，戴高帽，还吊"半边猪"（吊一只手一只脚）。奶奶申辩，她是做丫鬟后再做地主的小妾再被卖给资本家做填房的。尽管调查属实，但奶奶仍然没能幸免，因为就是做过一天的地主婆和资本家太太，也是喝过人民的血和汗，就是要斗争的！这是太大子书记口头上明里说的，其实他暗地里早打着我家老屋的主意，但他又不敢一个人明晃晃地独吞了，几次找奶奶要奶奶主动拆掉老屋，好让他的小儿在我家老屋的地基上砌起大屋。奶奶不肯松半个字，她一个人咬嘴承受着斗来斗去的苦痛。奶奶知道不能连累了爷爷，她想象得出爷爷若是卷进去后，他这样一个文弱书生无心教书和教不成书的苦痛。那段时间里，奶奶带信给爷爷，说她一个人要回娘家住几个月，让爷爷不要回到老屋里去。

等那阵风稍稍平静了，爷爷却患下了脑瘤病，常常一整夜一整夜地喊痛。奶奶就从老屋里走了出来，到了石江街上陪着爷爷一整夜一整夜地心痛。常常，爷爷喊一声痛，奶奶的心就被针刺痛一下。爷爷死的时候已经说不出话来了，只是一再定定地望着奶奶。奶奶似乎懂得爷爷的意思，附在爷爷的耳边说了些什么，爷爷的眼睛似乎亮了一下就睡了过去。爷爷死后埋在了他学校后面的高山上，爷爷在那里能日日听见学校朗朗的读书声，爷爷在那里能眺见回家的路和我家那栋立在风垛口的老屋。奶奶第二日，就回到了老屋里，一同回到老屋的还有爷爷的神龛牌子。这么多年，爷爷和老屋总是若即若离，不冷不热，时远时近。只有奶奶知道爷爷真正的心思，所以，奶奶把他带回了老屋，永远地住了下来。

后来的日子里，奶奶带养了我的四毛哥哥。四毛哥哥是奶奶当资本家填房时的孙子，因家道败落扶养困窘，奶奶于是找上门去帮困。这时，我的聋子伯很敌视奶奶。原因也许是四毛哥哥的那一声哭一声笑无由地刺痛了他的心，他常常大口粗骂着四毛哥哥是"野孩子"是"野种"。四毛哥哥可爱得很，常常爬到聋子伯的身旁去扯他的胡子，一两次聋子伯还训斥着他，后来，扯得聋子伯心痒痒的，聋子伯也喜爱四毛哥哥了，常常用他的粗胡子去刺四毛哥哥的嫩脸蛋，刺得四毛哥哥哇哇地大哭，惹得奶奶大声地笑骂聋子伯。日日，院子里的人便听到这纯净的哭声和开心的笑声在老屋上空回荡。

再后来，四毛哥哥长到十二岁离开了奶奶，离开了老屋。

资本家的后人后来感恩奶奶，多次来人劝奶奶去高沙街上享清福。奶奶也许动过心，但是嘴巴把得铁严，说，我去不得，我答应了他的，我要守屋的！

奶奶从无生养，却生养得更多，亲人更多，这无疑源于奶奶无私的爱心和执着的责任心。

三十多年后，四毛哥哥又回来过几次，看奶奶，看老屋，看聋子伯，看他儿时玩耍的伙伴们。这几年，四毛哥哥年年清明回来，给奶奶扫过坟后，满院子里转悠。他讲，变了，变了，真的是什么都变了……我看得出他很失落。只是看到我家的老屋时，他才好像找回了许多的美好，滔滔不绝地说着他在老屋里的美好时光和温暖记忆。

五

四毛哥哥离开奶奶后，我被送回到了老屋。那天，是奶奶把我从石江街上接了回来。刮着风，飘着雪，三十多里山路，奶奶五点天不亮就起床，背着背篓，拄着拐棍……回到老屋前，老屋上上下下雪亮雪亮，也像孕育了新的生命一样。奶奶呵了一口气，把一团白雪放在手中擦了两下，然后，进屋，在我爷爷的神龛牌前鞠了三躬，把我放进早已暖和的木火盆上。我就是这样在雪天雪地里来到了老屋，来到温暖如春纯净如雪的一团天地。也许我是周家正统血脉的原因，聋子伯和一院子的叔伯婶娘、爷爷奶奶，都凑上前来，老屋顿时有了几分热闹。不久，母亲也回到了老屋。一回来她立即请了院子里很多人的客，在老屋堂屋里摆了几大桌。虽然每张桌子上只是摆了一大盘汤圆，但是，一堂屋的腾腾热气，一堂屋的笑声喧哗，再就是一个个吃着汤圆，蜜在嘴里甜在心里暖和在身上，立即，亲密无间热闹欢快的氛围弥漫了整个村庄的上空。

接下来，母亲便在老屋里日日忙碌，很少出门，她要靠缝纫衣服来挣取工分换到口粮。我常常深夜在梦中醒来，总看见母亲在微弱的煤油灯下与缝纫机亲近，那缝纫机总是光芒闪闪地向我炫耀，自豪地发出"扎扎扎"的声音。至今，我在城市的夜梦中醒来，有时也好似幻听到一阵"扎扎扎"的声响，还误以为自己睡在老屋中，回到了童年。

尽管这样，母亲也难换回很多的口粮，喂饱我们"嘎嘎"叫着要填食的这群"小鸭子"。我们这班"四属户"的"狗崽仔"在晒谷坪里是很难有欢快和踏实的时候。但是，我们在肚里"咕咕"叫的时候，总要跑到老屋的后门上，总爱搬一条高凳踩上去，久久地翘望下坡园里那条细长细长弯弯曲曲的土路。这里，将有一辆神奇的自行车出现！自行车上变幻出的尽是些美味佳肴！父亲，父亲总是在我们望眼欲穿的时候，推着他那辆宝贝疙瘩——自行车适时地出现了。

老屋的后门，一般的时候都是关上了的。奶奶总是说风大，说下坡园里的风对着吹，像风车口一样，不准我们开门。我们就跟奶奶讲，我们要看金黄金黄的油菜花，我们要看绿油油的麦田，我们要看黄灿灿的稻浪。其实，我们最想看到的是父亲推着自行车出现。所以，只要一打开老屋的后门，我们笃定就会有希望出现。

六

那是个雨后的早晨。天上的黑云不见了，一切都亮闪闪的，清清爽爽，干干净净。温暖的阳光缓缓地从山那边爬上来，慢慢地覆盖了我家的老屋和偌大的村庄。还有阵阵的微风吹过，凉凉的，甜甜的。一村子的人三三五五走了出来，或端了饭碗，或提着烟袋，或手握鞋底，或抱着吃奶的伢崽，他们一个个好像都喝了甜酒一般，脸上现出了一片幸福的酡红……相互打着招呼，一个一个，光光鲜鲜，仿佛一夜之间都养足了精神，一场大雨又把大伙全身上下洗得干净清爽了。大伙都齐齐地挤到我家老屋门口左边那扇大大的木墙前，用手指着，喊着："哎哟，我的号在第二排前打头呀！这不太显摆了吗？""我的呢？咋没看着哩！再看，哦，找到了，找到了，是堂堂正正坐在正中间呀！嗯，我的号硬是写得极带劲，极神气！瞧，那一横那一竖，端正笔直；那一撇那一折，孔武有力……"就有好多人在比比画画，啧啧不已的；也有看着嘴里不作声，心里头舒舒服服，吧嗒吧嗒在我家老屋那扇大大的木墙前美美地吸上一杆烟又一杆烟，久久地不走；竟还有一些跳着笑着的。我也站在人群里看，个太矮，看不着，使劲往高里跳，蹦跳了几次，也只看到黑压压的一排又一排的名字，但却一个字也看不清楚。我又从人群里钻了出来，走到远处的高地方，看是看到整张的红榜，却更是黑黑的一片。再次钻进人群里，还是看不清一个名字，但这回却看到榜头上的一行大字：扇塘村选民公告。我一愣，怎么写这个"扇"字，莫不是写错了？正待我琢磨时，有人惊叫起来：奶奶呢，奶奶的号呢？这会儿，一堆堆人全都骚动起来，一个个你看我我看你，一脸的焦急，就一双双眼睛再去扫那红红的选民榜。扫一下，再扫一下，又扫一下，硬是寻不见，就嘴上都说：不急，不急，看漏了，定是看漏了！就一个一个号从前找到尾，又从末尾往回寻，愣是找寻不见。怪了！大伙都为奶奶着急，愤懑，骂人，说哪个狗脑壳记屎的，竟敢把奶奶的号拉掉了？！

　　整个下午，在我家老屋那扇大大的木墙前，奶奶踮起小脚在看一榜写得密密麻麻的名字。看一遍，又看一遍，奶奶的头就低了许多。这时围观的人已经散去，只留下我和奶奶，我跟在奶奶屁股后，牵着奶奶的裤腿。我昂高了头看着奶奶，也看着红红的选民榜，心里急得不行，等待着奶奶报的喜讯。奶奶却回过头来，牵着我的手，阴阴地说，伟宝，不看了，我们走。我问奶奶，没写上，难道没写上？奶奶说，别乱讲，怕是奶奶年老眼花，看走了眼，可不敢乱讲。忽然，我像发现新大陆似的，喊：奶奶，您叫什么名字？

　　我同时断定，奶奶肯定不识字，而村子里的人又不晓得奶奶的名字，问题就出在这里。奶奶一字一顿地说着：王、仁、春，三横一画的"王"。我问，哪个"仁"哪个"春"？她说不出，就走进里屋，在箱子里翻了好一阵，找出来一枚私章，让我看。我"哦"了一声，忙找来凳子爬上去。奶奶喊，快下来，快下来！她一把抱了我。我说，高一点，再高一点。奶奶说等一下，把我放在了她的肩上。我刚坐上奶奶的肩头，就看见了，忙大嚷：奶奶，您是第一个，打头的！奶奶在下面笑，说，我讲是看走了眼，你还不信。又说，看准了吗？

那晚，奶奶乐得一夜没睡，跟我说这说那。一会儿说，伟宝，要学文化，别像奶奶一样睁眼瞎；一会儿又说，赶明儿要投票了，赶明儿就要投票了！我投谁呢？投谁好呢？想投谁就投谁，再不是上头说了算。可不敢乱投呢，可不敢乱投呢，要投就投好样的，能带着大伙挣前程的……

从那以后，村里搞了责任制，母亲在老屋里进进出出，白天她忙田里地里，夜里她打衣服赚钱，加上奶奶饲养鸡鸭，喂猪放牛，我家日子过得红红火火。

后来，我家买了村子里的第一台电视机。到了夜里，老屋就是闹哄哄的一片，欢声笑语不止。老屋就像一个不歇的老人，紧紧地盯着电视荧屏，直到"晚安"。

七

日子一火，母亲和父亲就筹划着起屋。我记得母亲带着我去过父亲工作的县城，和父亲彻夜商量过几回。母亲在家里是极节俭的，卖了粮，卖了猪，卖了鸡鸭，卖了菜蔬瓜果，所有的钱除了留下我们的学费钱后一个子儿不留全部交给了父亲，要父亲存在县城的银行里。母亲从不记数，母亲只问父亲，钱够不够？钱够不够？够了就起屋！母亲讲，要起屋，不起屋不行。母亲再讲，一是老屋也太陈旧了，二是和聋子伯一人一半总不是个事，当然，更重要的是她想给我们后代置下一大爿家业。母亲就忙着选址，忙着备材料，忙着请客求人。一应俱全了，事情却恼了火。不管怎样讲，聋子伯死活不进油盐，他既不同意分家，也不答应出钱，更不愿意让出来。还有，奶奶也坚决不同意拆掉老屋另置新屋。

最后的结果，父母做了较大的让步，把老屋整修翻新油漆了一番，再给老屋砌了灶屋拖了拖屋，又在屋的四周打了高高的保墙。老屋焕然一新，就连老屋门前的老树都发了新芽。

然而，没过了几年，我们全家都"农转非"迁进了城里，离开了老屋。只是过一段日子，我们就回一趟乡下老家，去看奶奶，去看老屋。总要想方设法说服奶奶去城里住一段日子，奶奶总是推辞，说乡下的老屋还得照应，说家里一些坛坛罐罐里存放着东西，怕霉，怕坏，说天气好点再来……奶奶到死也没有离开老屋。

奶奶守在老屋的时间最长。她和爷爷有过短暂的快乐时光，稍后便是有风有雪长长的担惊受怕的日子。我记得爷爷死后，初一、十五奶奶都要烧香点灯，在神龛前和爷爷的牌位要说上一阵的话儿。奶奶总是带着幽怨，说，你个耗子皮皮（爷爷的外号），丢下我不管，一个人去那边轻松快活，让我单单的，一个人守着这座老屋……好在奶奶后来带了四毛哥哥，四毛哥哥走了后又带了我，这些时光里，奶奶和我们都拥有了很多的快乐，也让她忘掉了自己以前的那些不快。只是奶奶把我们一个个喂饱了，喂壮实了，翅膀硬了，我们又像一只只麻雀一样，飞走了。

奶奶前几年去了，老屋里还有聋子伯在住着。但聋子伯住着纯粹只是个名，一天到晚到处游逛，常常是半夜二三点后回老屋里打一会儿盹，一早又出门去闲逛。自奶奶去了的第二年，母亲回到老家好说歹说才劝动了大娘住进了老屋里，老屋里才有了烟火，有了生气。但是，母亲，还是放心不下，三不三（时不时）回乡下老家，去照看老屋。一回来，就和我没完没了地说老屋，哪里斜了，哪里蛀了，哪里烂了，哪里朽了，然后，就一个劲的心痛不已。

前几年，晚叔的几个崽还跟我父母说要买我家的老屋，还答应给聋子伯另起一间屋。其实，他们是看中我家老屋下那宽阔的地基。说起地基，村子里真是有很多人看中了我家老屋的那块地基，他们都讲，别讲是个风垛口，风水好得很，要不然，看他家的后代一个个都来得那样好？！……讲着讲着，我们全家也慢慢觉出老屋的风水好。卖地基的事，尽管聋子伯也答应了，父母就是不肯。父母不是嫌钱少，不卖每年还要倒找大娘守屋的钱呢。父母有父母的考虑，他们说，立起的老屋还是老屋，拆下来就是一堆柴火了，还有，要是老屋都没有了，我们一家还能回得去吗？但是，是不是还有一点老屋地基的风水因素，我不得而知。

今年暑假，退了休的父亲和母亲要带着我的儿子回到老家去，想去老屋住一阵子。我没有像以前那样坚决反对。尽管我终日风尘仆仆，行走匆匆，在城市的尘世中，为生活奔波。当一个人疲惫不堪静下来的时候，我也同样想起我家的老屋，想起老屋门前我在自己栽的桃树上刻下的印记。

那时，每到快过年时，奶奶总要久久地摸着我的头，边摸边自言自语：嗯，高了。嗯，高了！然后，牵我到门前的桃树下，比划着。要我站直了，贴着我的头，拿把柴刀在树身上划一横。呵呵笑，过了年，奶奶瘦一圈，树高一轮，伟宝，又长一尺了！每当这时候，奶奶总是笑，笑得很开心。

桃树高了。老屋老了。奶奶去了。

桃树上的印记越来越清晰了，身上露出一刀一刀的伤痕。老屋脸上，盘桓着一圈一圈的皱和沧桑，荣辱与苦乐。

八

这么多年。

我家的老屋，你还好吗？

你讲，好，立起来就好！

这么多年。

我家的老屋，你站在那里是不是太劳累太悲苦了？

你讲，再苦再累也歇不得半刻！

这么多年。

你就是这样，一年又一年，风一更，雨一更，雪一更，你也不管，你只是一日一日地立在善塘塘坎上的风垛口里，像个怀日忧虑的老人注视着周围越来越多的红砖水泥楼房和许多离开乡村的匆匆的脚步声。你，一直还是那样，不声不响，处惊不变，历险不惧，平平静静，临风而立，遇雨无泪，沐雪而净。于是，你立着立着，便立成了一尊知者的雕塑，一处沧桑的风景。

有许多人，从你面前经过，总要驻足打量，生出许多的感慨。隔老远，村子里的人都如我一样，只要看到你这栋立在风垛口的百年老屋，就知道回家的路不远了，信心倍增，个个就加快了欢快的步伐……

老屋，你也许会老，但不老的是你的精神和情怀，你是我们一代代人的根和魂。

老屋，你就是这样，傲立在时代的风雪里，温暖在几代人的心中，直到永远，永远！

春风桃花土酒

好久没回老家了，不是我这次回老家的理由。为晚婆婆祝寿，也不是非去不可。毕竟晚婆婆和我家隔了几层，又少走动，就是要做做样子，带份礼钱回去也就算大大的仁义了。其实，父母有父母的想法，尽管他们已住进县城多年，但是对老家的大小事情从不敢怠慢。我和父母不同，这次回老家，纯粹是因为好长时间没有吃到乡下的酒，我太想吃乡下老家的土酒了。

乡下老家，将酒一律统称土酒。也许土里生根储有精气，乡民爱土。土话黏人，故土难离，泥土芳香、养人，粪土也值千金……好似只要喝了这土酒，一个个就有胆有魂见性情了——刀山敢上，火海敢下；不曲不折，不卑不亢，不屈不挠。

乡下的土酒种类很多。甜酒系列有糯米甜酒、酒酿酒、双料酒；烧酒系列有米酒、谷酒、苞谷酒、红薯酒、玉米酒、高粱酒、荞麦酒……

乡下的土酒，其酿造过程，如一个怀孕的女人。美丽、希望、细心、幸福、丰实，是她的主题词。

比如糯米甜酒，过年时家家都要做。先是选了上好的糯米，漂洗白净，泡开，在蒸锅里放上水，蒸屉上垫一层白布，水烧开到蒸汽腾腾之时，把一边沥干的糯米放在布上蒸熟。将蒸好的糯米端离蒸锅，冷却至室温。在冷却好的糯米上洒少许凉开水，用手将糯米弄散摊匀。将"酒药"均匀地撒在糯米上，稍微留下一点点酒药最后用。拌匀后，将糯米转移到发酵的坛子中。放完后将最后一点酒药洒在上面。再用少许凉开水将手上的糯米冲洗到坛子内，然后用手将糯米压一压，抹一抹，以使表面光滑。最后盖上盖子，封严，放在保温的地方。我们农家往往待它如婴儿，用自己的衣服把它包好。时不时要去照料，看它是冷了还是热了？热乎乎地，大约三天就好。开坛，发现糯米已酥，汁液晶莹，气味芳香，味道甜美，酒味不冲鼻，尝不到生米粒。这时，你就咧着嘴笑，说声：熟了！仿佛如女人"生了"一样。"生熟"之间，心细如发，柔情似水；"生熟"之时，心花怒放，情不能已。

多吃甜酒，多吃甜酒好！奶崽婆吃了，乳汁白浓浓地溢，畅快酣漓。一个她，又一个她，掀开衣襟，抱着娃，四处转。她本不白净的脸上却很生动、明快，娃儿在怀里，鼓着小嘴一吸一吮，嘴角流满了一线线香甜的乳汁。不多久，娃儿就安静地进入了梦乡。一个她，又一个她，走到院子中间，或者塘坎上，放开喉咙喊着自己的男人：死鬼哟，还不快回屋吃甜酒啰——这些个女人，尽管家里空空荡荡，她们还是能够变戏法似的，掏出一个带有体温的鸡蛋，在一只大碗边轻轻一磕，再用筷子搅稀，舀一勺热腾腾的甜酒冲进碗里，端到男人的手上。然后，就定定地看着那死鬼喝一口甜酒，咬一口丸子。

蒸烤各类土酒时，浸泡原粮、蒸烤酒饭所用的水，有相当严格的要求，有好井水才能酿出好酒；烧火自然要用上好的干柴，火候要恰到好处；使用的器具则是有讲究的，所用的甑子是用老树原木挖空而成。素有"小锅小灶小曲烤小酒，蒸锅天锅木甑出好酒"之说。烤酒时，甑子的中上部留一小孔插上细竹管，是为了出酒。锅底加热时，酒气上升遇冷凝聚为酒，落入酿中的接酒器中，再通过出酒槽流出，酒就成了。先出者度数高，酒劲大；随着蒸烤时间的推移，酒度渐次降低，越后者味越淡，香越散。

在家乡，家家烤酒都只烤到二锅水，味纯正，劲大又不冲。有很多人家一边蒸烤，一边伸着小木勺在坛子里舀酒喝，说是试味，却是一勺又一勺，吱溜一下，咂咂嘴，吱溜一下，又咂咂嘴，更有甚者，就着竹管热乎乎地哗哗地流淌到肚子里。往往，好多人家蒸烤完了，酒也试得差不多了。

家乡出好酒的原因除了山清水秀、柴火好、有人细心照料之外，酒药也是极为重要的。据说那酿制土酒的酒药，都是深山里生长的十几种野果风干捣成粉状调配而成。后来有化学酒曲了，也没有一家愿用，尽管化学酒曲方便得多，而且烤酒时，酒量会多些，还烈些。

每年农历三月初三，许多人都要早早地上山采桃花，将花瓣清水洗净投入酒坛中，以酒浸没桃花为度，加盖密封，浸泡30日之后即成"桃花酒"。桃花酒，这是一个美得不能再美的名字！听到，你会想入非非；喝了以后，那可真是白里透红，人面桃花啦！这不是吹的，有科学为证，桃花酒确有活血美容之功效。

农村蒸烤土酒，往往就是这样，选在早春三月，桃花朵朵开的时候。山清水秀，泉清溪流，酒香在村庄上空袅绕。春风也像有点醉了，晃晃荡荡，一会儿停在这根树枝上，一会儿又停在那根树梢上。她也许是在偷听姑娘小伙的情歌。三月的情歌，如花如画，如风如诉，似小鸟般不停地绵绵啼唱……

说起吃酒，农村有农村的标杆。在农村，有大事，办正事，甜酒、烧酒便是当场货。比如清明扫坟，大伙都要喝"会酒"；比如"农忙""尝新""双抢"首要的是共祭社神，分享社酒、社肉，祈求好年成；端午节划龙船，往河里喂粽子灌黄酒；过年过节，竖屋上梁，生儿娶媳嫁女上寿……在这样的日子里，成年男子是活动的主角，有一种庄严和神圣，妇女在厨房里置办酒菜，一班"细把戏"早已乐翻了天，兴高采烈，笑语欢歌不绝，酒香从屋里源源不断地溢出，弥散开去。

在农村，酒只会越请越有，喜悦只会越来越多，运气只会越来越好。农家，客人来了要敬酒；难事、恼火事，也都是在酒桌上解决的。我们还常常见着一些汉子：喝一口酒，冰冻天也敢下河摸鱼；一两碗酒下肚，滋滋滋地，力就见长、胆就见大了，一个碾子也能提起来，半夜三更，晃晃悠悠，也敢翻过七岭八寨去走亲戚。

其实，吃酒，不仅是吃起来的时候有味，请吃请吃，请请吃吃之中，也是几多的美好，有滋有味。

我还记得，某某家有喜事了，一院子的人都要去凑热闹，吃酒席。那时，没有多少钱，也没有现在这么讲究。你撮一簸箕谷，我扯一块布，他提一篮子鸡蛋，有的干脆把自家屋里生蛋的大母鸡也抱来了……家乡正席前要请客人喝甜酒垫底，吃酒的人早早地过去了。不用吩咐，大家搬凳的搬凳，洗碗的洗碗，择菜的择菜……忙得热火朝天。也有的轮不到事做，就陪主人家的客人讲白话、打牌，那个时候打牌主要是找乐，输了也就拱拱凳子、挂挂胡子。实在无事，就带着客人满院子里转，或者山川田野里看风水。他们不晓得风光却懂得风水，他们知道风水比风光实在，更管用。他们要在客人面前帮主人和这个地方撑足面子，要让客人知道这个地方风水好，瓷实，养人，人和睦，有奔头。尤其是哪一家定媳妇的好日子，女方的人上门相面之前，他们更是起劲得很，甚至还早早地把家里的能够显摆的"宝贝"都搬到办酒席的人的家里，一点儿不心痛。

⋯⋯⋯⋯⋯

沉浸于对家乡酒的回忆中，班车抵达了我们下车的停靠站。我感觉今天的车比往日要快得多。快，在这时也是一种快意。嗅嗅鼻子，我好像闻到了远远飘来的一股酒香。从这里到我们老家有三公里小路，可以坐农用车。我不想坐，正如我在城市里头一样，无力拥有小车，打"的"嫌贵，又不愿坐"公汽"，大多只好走路了。另有一层原因，我也想放眼望望，看看当今春风三月弄桃花的窈窕风姿。也许是刚下过雨，路上无灰，细沙踩上去清爽作响，公路两边的树叶上还有未干的串串水滴，给人新鲜滋润的感觉。

一公里细沙路面走完了，正好到了后归哥的店铺面前。后归哥是晚婆婆的大孙子，见着我们回来了自然是格外的高兴。我却有一点疑惑：你这个亲亲的孙子怎么在这里开店子做生意还不回去张罗呢？我一个旁侄孙子倒从县城远的地方赶回来了。而且，我知道，晚婆婆三个孙子有两个在深圳打着工，按理说，后归哥要忙得飞才对。当然，我不好问，只怔怔地看着他不停地摁着手机叫喊。应该是五六个电话后，最后一个电话是有关我们的。他是向两公里外的家里通报我们回来的情况，而且还好像调遣车子出来接我们。我当然不肯。我没有能力带车回来已是矮了一截，再坐别人的车回去，岂不是更矮了一截？我仍旧坚持走路，母亲劝了我一句，见我不听，默不作声地跟在我的身后。母亲知道我的心思。

进村的路真如后归哥所讲，坑坑洼洼，泥水浸透路面。深一脚地，浅一脚地，我和母亲走得越来越慢了。其时，我也真想有一辆车来接我们。往远处看，并不见车开过来的影子。这时，后归哥骑着摩托又跟了上来，他要母亲和我搭他的摩托车，但我还是拒绝了。他又掏出手机叫喊，车怎么还不来？他放下电话，说车打滑，底盘又低，差一点栽进了田里。又接着说，就来了，马上就来！果然，一会儿，车子过来了。后归说是车弟，现在发大财了，开的是"兰鸟"。我竟不认识车弟了，连母亲也不认识。车弟却认识我们，边喊边开门，不由我们不上车。上了车，他比我快，一边开车一边给我递过来一根极品软"中华"。母亲示意我发烟，我却捏住一根精"白沙"递也不是不递也不是。好在车弟没看我，他一边开车，一边说着十年前他在我工作的小镇上做小生意的事情。我看得出，他还是存有一份感激之情，但更多的是抚今追昔的豪迈。车弟也是晚婆婆的孙子，不过没有任何血缘关系，他是晚婆婆大儿媳妇改嫁后的儿子。他在车里滔滔不绝地向我母亲汇报他的辉煌：他把父母接到了长沙专门请了保姆，他东西南北中开了好几个连锁分店，他儿子读贵族学校一年要好几万……我装作没听见，摁下车门，抬头去看窗外，田野披上绿装，满坡的桃花开得正盛。

一下子就到了晚婆婆办酒席的屋门前。晚婆婆的老屋早已不住了，住在后归哥的新屋里。后楚哥的新屋也在旁边，都是四扇三间四层水泥高楼。见了一些客人，认识一些，装作认识一些，跟他们打着招呼。没有几个人把我当一回事，一桌一桌的客人都在埋头打扑克和纸牌、搓麻将，桌上都堆了钱，数目不小，旁边围观的人很起劲。院子里的人几乎看不见一个人在帮衬。屋坪很大，七七八八地停放了二十多台小车、面的、农用车、摩托车。尽管这样，两栋大屋里却不喧嚣，也没有人来来去去地做事、搬家伙、打下手。就连晚婆婆的二孙子后楚哥、三孙子后良弟也是清闲得很，见我不打牌，陪我站在门口说了一通话。我问他们回来住多久，

第三辑　风垛口的老屋

他们讲待了客明天就走，厂子的事多得很，自己带了车，又方便。我知道他们在外头打着工，但是有多富足，我从来不问，也生怕问到。他们却问我，县城有好门面地基卖吗？我讲，有是有，只是你们在家里刚修了屋，而且县城里头有门面的地基贵得喊天。他们讲，你只管替我们去找，钱不是问题。他们说话的口气让我很压抑。我换了话题，说，待客真是累得很！他们却说，花几个钱，一切不用管，省力省事，好得很。我抬头见他们笑得很神气，而且令我惊奇的是他们两弟兄都烫了黄色的卷头发，好像一个模子套出来的。

晚娘走了过来，喊走了他们。已经中午十二点，我的肚子有点抗议了。我知道，这离开席起码还有两三个钟头。但是，怎么今天不先上甜酒呢？也许是客人太多，忙不过来。我没有事做，就去院子里走走。虽然离开老家快20年了，我自信熟悉它的每一条小溪，每一块水田，每一片菜地，每一棵大树，每一栋老屋，每一缕炊烟……然而，转来转去，发现自己竟然不认识它了。原先规则的一栋栋老屋在我的视野之中消失了，代之而起的是横七竖八、杂乱不一、冲天而起高傲的高楼，楼的样式又花样翻新，装饰一个比一个豪华，互相攀高贴金。这屋，谁是谁的？有没有人？我不敢肯定。一家一家，走进去，空荡荡，冷冰冰，老半天没有人出来相迎。有几家确是无人在家，门上一把锁；有几家有人窝在楼上，或看电视上瘾，或围一圈打牌起劲儿，叫半天只见声音不见人影。我很是失落，又想起了以往的时候串门，每走一家，都会有人热情相迎，嘘寒问暖。有这么一会儿，肯定早有人给我端上了甜酒粑粑。每到一家，都要硬劝你喝一碗甜酒或者一壶烧酒。你若说，吃了，吃了，吃饱了。主人家就不高兴，说，土酒土酒，自家的土酒！喝下去，一泡尿就撒了。一定要喝得你面若桃花，醉步莲花，笑语串串，主人家才肯罢休。

八娘的屋大门敞开，一个人都没有。我从八娘的屋里一出来，心里直犯嘀咕，倒退一步，又抬头看了两眼，咦，八娘这大屋怎么矗立在田中间？上了塘坎，回眼一望，就发现院子里新修的楼房座向都乱了，很多的楼房也如八娘家的一样，远远地看去，似浮在水田上面。我叹了一声，收回了目光。眼前的小溪，在我的印象中以前总是那样活水长流，清澈见底。一群群精灵般的小鱼儿，一下钻进如少女长发飘逸的丝草之中，一下又藏匿在安憩的卵石之下。小溪两边，红花绿草常新，白杨树如一排排军人，白天黑夜笔直地立在两岸站岗。那时候，我常见着院子里的女人们蹲在溪的上游淘米择菜、洗衣浣纱、涮锅碗瓢盆，男人们则在下游擦洗镰刀锄头，箩筐犁耙等。一到夏天，我们一班"细把戏"更是迫不及待地下到溪水里，抓鱼、摸田螺、打水仗，玩得不亦乐乎。可是，今天的小溪，却像生了一场大病，它再无一路欢快歌唱的声音了。小溪中到处是废弃的塑料袋、包装纸、烂皮鞋、剩饭剩菜，溪水也变了颜色，浑黄浑黄，水面上还浮着死鸡死鸭，都把眼睛睁得大大的，似乎昭示它们是冤屈而死。

在塘坎边的老树下，我碰见了玉勇婶娘。她很高兴，我的脸也由阴转阳。见了面，玉勇婶娘主动伸出来和我握手。这一握，我就握出了不一样。不光光是她的手没有以前那么粗糙了。玉勇婶娘一直在我的记忆中定格于一个晒太阳的光团，暖暖的，平平静静的。玉勇叔30多年前在修龙江水库时砸断了双腿，一直瘫痪在家。婶娘总是抱着玉勇叔在太阳底下晒太阳。晒着太阳的玉勇叔如一个小孩，脸上就有了傻笑。婶娘却总是那般平静，看着远处的天。我每回见了太阳底下暖暖的一团，就是玩得再怎么样高兴，就是蹦跳起八尺高时，也立刻安静下来。有几次，还帮奶奶把一大碗热腾腾的甜酒粑粑送到玉勇婶娘面前。然后，侍立在一边，看着婶娘一调羹一调羹给玉勇叔喂甜酒粑粑。玉勇婶娘这回大大方方礼节性地和我握手，又在我面前说起他读研究生的华儿，再就是说起深圳的世界。她胖了许多，肉色白净红润，头上戴了一顶呢绒帽子，身穿红艳艳的羽绒服。她说了很多，却没有说起玉勇叔。我预感到什么，便打断了她的话，问："玉勇叔怎么样？"她很平静地说，还不是那个老样子。我从塘坎上向玉勇叔家里走去，婶娘紧跟在我的后面。进了门，无人，我立马上了二楼，急急地喊。有人推着车子向我们滑来，玉勇叔坐在轮椅上。我对着他，俯下身来再认认真真地喊了他一声，玉勇叔很茫然，脸上连傻笑都没有。我们就这么站的站着，坐的坐着，一时无话。婶娘也许记起了什么，说，伟宝你饿了吧，城里头开饭开得早，按理泡一碗甜酒粑粑给你吃，只是我这些年不在家，再无酿甜酒，冲一杯牛奶你喝不？我匆匆地逃了出来。立在新起的屋前，我看到屋坪里那棵老树还在，那太阳下暖暖的一团光亮的影子早已不晓得飘到哪里去了。

后来，我从晚娘的口里得知，玉勇婶娘已在深圳干了七八年了，替一个瘫痪的富人搞护理，一个月四千多块呢！那么，那么玉勇叔呢？我问。晚娘说婶娘在娘家请了一个远房亲戚来照护玉勇叔，一个月才开四百块钱。这回，要不是你玉勇叔害了一场大病，她也不会请一个月假回来，白白地丢了四千多。

我最后决定去看看玉顶叔，主要是想了解娥姐的情况。当年，娥姐是全大队最乖态的一个姑娘，却硬性被父亲逼迫去嫁一个吃"集体粮"的信贷员。据说后来离了婚，跟了一个有三个娃的大队周秘书。玉顶叔看见我，不起身，不喊座，也不看茶，当然更无酒喝，只是他一根我一根地递烟，好在烟都是精"白沙"，对等。玉顶叔一直很"政治"，早些年，上面吹了什么"风"，他就敢下什么"雨"。可是，他最大的官，只当到了村民组长。娥姐是玉顶叔的大女儿，乖态灵巧，玉顶叔看在眼里，笑在心里。于是，娥姐的人生轨迹便早早地有了"模板"，嫁吃"集体粮"的信贷员，做大队周秘书的填房。后来，娥姐做妇联主任、秘书、村委会主任。这回，听玉顶叔说娥姐做了村支委会书记。玉顶叔说，伟宝，你是读书人，晓得的——共产党的天下，支委会书记，老一呢！其实，我又晓得什么呢？听院子里的人说，娥姐最初是不愿意的，只是当起了芝麻点的一个官后，当着当着就上瘾了。有人说，看看，一个土砖屋，矮塌塌的。一年到头，三四千块钱的补贴费，还乐呵了呢，还抵不到人家一个月的工资呢。玉顶叔不管这些，笑呵呵地跟我说，晓得吗，伟宝，选了三次呢，都是我家娥妹子的票第一！我知道玉顶叔的潜台词：娥姐为他们一房人争了光，耀了祖呢！别看晚娘家三个崽有两个在深圳广州开厂，一个在街上开店铺，起了三座高楼。玉顶叔却很不屑，说，难道他们在外头逛得了一世，迟早总要回善塘院子来的！回来了，神气什么，还不都归我家娥妹子管，都要看我的眼色去行事。玉顶叔说得很"政治"，我有点恼，问："现在村村通公路，你晓得吗？"我是冲着那条总是修不好的进村的公路来的，有点诘问的意思。他说，咋不懂？一公里路上面拨了几万块钱，现在我家娥妹子手里头就有二十多万块钱指标呢，只是大家按人头还要交一些才够用。可是，征地、出工、交款，要不是他有意见就是你有意见，交了几次，又退了几次。现在这个样子，怪不得我家娥妹子，她帮大伙早把指标都争到手里头了，没有功劳也有苦劳。对于晚婆婆的酒席，他不问我，我就问他：吃酒去不？玉顶叔的一句话让我噎得够呛：他是他我是我；他发他的财，我当我的官！

我只得悻悻地走了。迎面碰上去放牛的玉棋婶娘，她牵着牛朝下坡园的田垄里走去。牛绳捏紧在玉棋婶娘的手里，短而直，白白的尼龙绳，扎眼得很。想着我们以前放牛，一班"细把戏"，清晨早相约去放牛，牛走在前，人跟在后，迎着山那边初升的红日，走进山的深处，亲近一地绿水的青草。牛"哞——"的一声，眼珠瞪得老大，眼角有水一样的东西，看上去它似乎受了委屈，驻足不肯往前走。一头小黄牛，怎么这样——瘦骨嶙峋、毛发干枯？我定定地看着面前的小黄牛。我知道，现在很多人家家里不养牛了，很多人荒了田。有的人家，就是要耕田，也不用牛，请一台"铁牛""突突突"地去耕去耘。难怪！……

走在半路上，后归哥打了我的手机，说，开席了。我问，有这么快？我不相信有这么快，因为，农村能在三点钟开席就算很准时了。这会儿，我看见手机的时间：12：58。后归哥在门口等我，他说他也是10分钟前刚回来的，因为定了下午1点准时开席。

席上，有几件事情大出我所料：一是我起身环顾左右，不见有几个院子里的人；二是桌上没有热腾腾的甜酒，也无纯正的烧酒，摆了两瓶牛奶、四瓶啤酒、一瓶高度白酒；三是桌上餐具是清一色的不锈钢碗和碟子，不见喜庆的红双喜碗、海碗，桌上那一叠塑料薄杯子、那一堆短小的竹筷子都是一次性的；四是菜花样翻新，分量不多；五是席至高潮，没有答谢和讲好话的，红花鞭炮换成九个大花礼炮。在席上，尽管有后归哥安排小姐夫劝我的酒，还有庆大姑父相陪，我却总共只喝了一杯啤酒，就早早地下楼出来了。在门口，后归哥问我吃得好吗？不能扫了喜庆的兴，我只得点了点头。后归哥就越发眉飞色舞，说：要晓得，请的都是专业班子，还有一个国家二级厨师呢。五个人，桌椅碗筷全带，煮饭炒菜，端菜捡收，打扫"战场"，我们一概不管。菜也由他们买，我们结账就是。另外，再给办席的钱，40元一桌，15桌也就是区区600元钱，省事又省钱。这个师傅原先是石江煤矿的大师傅，现在退休有空了，出来跑跑。他有名片有手机号码，一个电话摁下，全部搞定。好得很，现代信息社会就是好，真个是有钱想干什么都行！

席后，各自四散。晚婆婆喊东喊西，送这个送那个，晚婆婆显得忙乱而又高兴。我跟他说，你都上了九十，不要忙，只管享福了！晚婆婆笑呵呵地说：享福，享福，大家都享福！只是年纪大了，身体不争气了，一身的病。晚婆婆也像玉勇婶娘一样握着我的手不放。我说，晚婆婆，你要多保重身体，有个伤风脑痛要记得及时去光庭爹辈那里看病。光庭是院子里的赤脚医生，辈分比我们大两辈。晚婆婆讲，亏你还记得光庭，他也去了广州打工四五年了，现在瞧病要跑到花桥街上去，十多里路呢！

看得出来，晚婆婆还有很多话儿要跟我唠叨。我忙起身要走，向她辞行。晚婆婆和晚娘都留我和母亲住一夜。母亲有住的意思，抬头看我。我偏过头去，说，明天星期天值班，一定得走。晚婆婆和晚娘就说，真要走，那也得等一下！她们一起去了内房。我想，不出意外，这可能是我此行唯一获得的一包温暖了。因为，我知道，农村吃酒"回包"，用红纸串着，一块几斤重新鲜肥肥的大猪肉，或者一块熏得红亮的腊猪肉，外加几个血粑丸子、甜酒粑粑，喜庆、温暖的气氛立时显现出来。然而，等晚婆婆和晚娘一起出来，她们却是两手空空，走近我和母亲身边，从裤袋里掏出一个小红包塞给了我们。

走时，我谢绝了车弟的"兰鸟"，谢绝了庆大姑父的"面的"和小姐夫的农用车，也谢绝了后归哥的摩托车。我和母亲缓缓地走在村子那条唯一通向县城的机耕路上。母亲时不时回过头去，我却径直往前走。一路上，春风暖暖拂面，桃花朵朵招手，我却无心搭理。有车子间或驶过，溅起泥水串串，我也不犹豫，不择路，不躲不避，继续朝前走。

我也不知道我要走到哪里去，我又能回到哪里去呢？

春暖三月，相思如水。

"春醪酒共饮，野老暮相夸"。

"桑柘影斜春社散，家家扶得醉人归"。

…………

我趔趔趄趄走到村头，也就是泥路和沙路交界的地面时，心里忽然冒出了一句话——春风桃花土酒淡，人往前走水东流。

显然，这句话在春暖三月桃花盛开的时节不合时宜。显然，这句话前言不搭后语。

抚今追昔，我却为它唏嘘不已。

枯草上的盐

　　父亲说你丁生叔七十大寿，得回老家一趟。我说，你回吧，我要值班。父亲说，你还是换个班。我说，排了值班表的，不好换。要不，我做个人情，你带回去。以往，只要是我有工作上的事，父亲从不勉强，家里家外就是天大的事，他也都是一个人扛着，不吱一声。这回，父亲却坚持着，说，你叔伯十多个没剩下几个了，你回去看了一回算一回。又说，前不久，连你后龙大哥也上了六十了。一个个，真的是说老就老了。我一怔，后龙大哥六十了？后龙大哥是我们这一班兄弟当中的老大，一生苦累，从没离开过田地。我看着父亲憔悴的面容，和他愈来愈低矮弯曲的身躯，心里有一丝酸酸的感觉，点头不语。

　　晴空高远，大地静默。在离老家还有两三里路的祠堂边，父亲坚持下车。他说，天气好，走小路，不走水泥村道，到处走走看看。看看我们原来（在老家）种过的田土，养过的鱼塘，包过的山林。我和父亲，一前一后，在一根连着一根的田埂上蠕动着，前行着。父亲走走停停，手指指点点，双眼不时闪过亮光，说，这块长长的田，你还记得吗，有一年打过十九担满满的谷子哩。坎上那块田，再干的天，靠山脚的一大片总是湿润着，还记得吗，有一年谷是少收了些，但你们几个光翻泥鳅就翻了二十多斤。是的，我们找寻一个个泥鳅孔，每个孔里准有一条泥鳅在泥土里养身呢，手指悄无声息地缓缓跟进着，顺着它，弯曲着，两根手指紧紧地卡住它的头部，夹出来，一条泥鳅，夹出来，一条泥鳅……如此，屡试不爽，足足盛了半脚盆。父亲说，最劳人的要数靠近凫塘的那块漏斗田，年年放水年年漏，那一年大干了一个寒冬，把田泥全部起开了，一个漏眼一个漏眼地补，果然后来再不漏了，坐得住一田肥汪汪的水，成了一丘丰产田，你晚爹爹、丁生叔和后龙那几个老把式都叹服了……

我听着父亲鲜活的记忆，却没有几分激动，毕竟我们全家迁出去二十多年了。在老家，我们家只有奶奶一个人的田还保留着。一家人再三做工作，奶奶也不肯迁到城里去。奶奶说，我还有田呢，我怎么能够住到城里去？在农村，田是天大的事，有田才是根本，有田才是依靠，有田才有想头。一个人生下来，或是嫁过来，在村里能够分到田，才是证明成为一个人的真正的标志。于是，我们在城里，总记得奶奶，总记着奶奶的田。奶奶那块田在下坡园里，四四方方的，宽展展的，胖墩墩的。奶奶总爱见人就说，晓得吗，端端的，一块大肥肉哩，肥汪汪的。

奶奶年纪大了，当然无力耕种田。其实，很多年前，奶奶都没有耕种了，都是叔伯兄弟代替奶奶耕种的。最初两三年，每年尝新时都给奶奶舀上一两筐新谷子。奶奶总是及时托人带一些新米给我们，说，自家田里种的粮食养人。后来，村子里的年轻人大多都跑到南边打工去了，就有一些坎上的旱田、漏斗田也顾不上了。奶奶急了，颤巍巍地三番五次上门去邀九叔，只字不提谷子的事情。我知道，奶奶是不想让她那块命根子的田荒了，奶奶只要田种着，就连近几年种田发的补助款也不要了。奶奶一个劲儿地对九叔说，责任田，责任田，是一份责任呢！要上心，好好地种，不能对不住那块肥沃的田。

　　老家第二次调整土地时，奶奶还在。分到土地一年后，奶奶就走了。奶奶走了，下坡园里路边那块田还是好端端地摆在那儿。来来往往过路的人，总是有一搭没一搭地说，这是奶奶的田，肥沃得很。不久，老家有消息称：奶奶的田被九叔霸占了，九叔去村里改了名，划在了他儿媳妇的名下。

　　父亲说，我要回老家一趟，要保住你奶奶的那块田！父亲显然很气愤。我却坦然，说，反正有田也是邀人家种，又没收到谷，又没领到种田的补助款，何必挂个空名？父亲定定地看着我，恶声恶气地说，你都这么大了，难道就不明情理：没有了田，没有了山，没有了老屋，我们还回得去吗？

　　父亲跑村里跑镇里，忙乎了好多天，硬是把手续办妥了。回到城里的父亲，老远见着我就说，田回来了，你奶奶的田回来了！父亲的高兴劲儿，仿佛是奶奶回来似的。父亲还说，我交代好了，你后龙大哥帮着种，指定了不会荒的。后龙发誓说，荒了他自己的田也不会荒奶奶的田！奶奶是看着我们长大的，奶奶一定还会在那边看着呢。

　　奶奶的田肥，后龙大哥又用心伺候着，田里的东西疯长着、茁壮着、丰收着，种什么有什么。从下坡园里过路的人，经过奶奶的田边，都啧啧地赞说，看看，奶奶的田呢。你一句我一句地说着，说起奶奶的慈善、仁义和博爱，说着说着，仿佛见着慈祥的奶奶，在阳光下笑容可掬。

　　父亲后来总夸后龙，后龙大哥嗯嗯地说，是奶奶的田肥呢。后龙大哥实打实的一个人，农忙季节里，我记得他一个人常常捐起一台打谷机急急地就走。在田里，他常常是一个人踩着笨重的打谷机，踩得轰隆隆响。他拿起一把又一把稻穗，放在飞转的滚筒上，谷粒被滚筒打得四处乱撞，落在打谷机的挡板上劈劈啪啪响个不停，最后都落进深深的谷桶里，堆成一座小山。后龙大哥有一手绝活，他常常是一只脚踩在打谷机上，另一只脚已下到田里，手里打剩的稻草旋即被扎成草把，随手一扔，远远地立在田中央，手里重新又捧起一把稻穗。后龙大哥常常一踩一晌午，不喊累，不停歇。每回，我都看见他满头满身的汗水，亮亮地四处汪洋着，落在稻草上，随即风干，手摸上去，颗粒状的，沙沙的响，白花花的晃眼，用手点一下放在舌尖，咸咸的。打完谷，后龙大哥也没有一刻消停，两百斤的谷担挑起来就走，走在弯弯曲曲的田埂上，风一般，裹一脸的欢快朝晒谷坪里走去。

后龙大哥干的都是力气活，常常汗水四溢，衣服上流出一团一团白色的盐渍。有人嫌他脏，盯着他的衣服看。后龙大哥不见怪，憨憨地一笑，用嘴舔一舔，说，是盐粒呢，有点咸。后龙大哥爱助人，好管事。谁家耕田耙地，插秧打禾，挑石扛树，砍柴挑水，一声喊，就去了，不讲价钱。帮衬人家又舍得下力，他说，力气是用不完的。红白喜事，他都是第一个去，去了就抢着重活干。干完活，主人家总要招呼后龙大哥入席，别人喝得天南海北，他却一个人不声不响，飞快地胡乱扒两碗饭就走。大家都知道，后龙咸吃得特别，都特意在他的菜里多加把盐。在农村，男人们大都吃得咸，只不过后龙大哥更为突出。对乡村，对乡民，我在一篇文章中曾这样动情地写道：谁都知道，人不吃盐身上就没劲，生命需要盐。乡民们的坚韧和不屈，就是他们生命中的盐。有了它，生命才有硬度和力道，才能生生不息。一颗颗汗水，落在稻草上，枯草不败；停在风边，风为它击节歌唱；一滴一滴落在大地上，写下的是生命的诗行！是啊，阳光、水和盐，生命中不可或缺。

父亲又说起前不久去老家吃后龙的六十寿酒的事。父亲一味地渲染，说，那个热闹，后龙一辈子都不敢想呀……要晓得，后龙的崽小锋装了一车花炮，日里放夜里放，放个不停，放的都是钱呢。后龙大哥一贯节俭，没见过这阵势，都蒙了。后龙大哥在最困难时，一锅洗锅汤里放上几把盐，他也能刺溜刺溜喝得贼响。在他家里，下有五个弟妹，都是靠他照料，一个个在他的照料下，娶的娶上了老婆，嫁的风风光光嫁了出去。在大家的印象中，都只晓得后龙大哥吃得咸，一身使不完的力气。不晓得，后龙大哥慢慢地大了，老了，力气也短了。后龙大哥说，想当年，抬重的，吃咸的，不怕耍蛮的。

后龙大哥总是很清楚地知道祖祖辈辈的大事小事，祖上的坟山也只有他一清二楚，每回清明上山，大家只要跟着他走，一处一处的祖坟祭拜过去，没有一回错的。他每回祭拜完，就要下力气给一处一处祖坟上垒土，他说把祖坟垒得高大雄壮一点，先人们能更多更好地庇荫后人，发子发孙，祈福进财。后龙大哥本来自己舍不得花钱，倒是有一回，他竟扬言，二奶奶的坟台若他叔伯三个不砌，就算他一个人的。要知道，在老家，水泥砌就一个一般的坟台至少要两千多元。后龙大哥还清楚地记得我们一大家子人：玉字辈（父亲叔伯一辈）的还剩下几个，后字辈（后龙大哥和我这一辈）的有多少，乐字辈（我儿子他们那一辈）的又有了多少，谁谁谁，排行第几……随后龙大哥一说，一院子的人都是一大家子人，亲挨着亲，不能生分。

后龙大哥的六十大寿，办得热热闹闹，他却没领儿子小锋的情。他心痛一把把钱，一声声响，炸飞了，只剩下满世界的纸屑。小锋心花怒放，逢人就说，响得值，父亲一辈子难得风光一回。后龙大哥整个冬天，满村子里嘀嘀咕咕，说小锋这个青屁股吃盐真是吃少了，哪晓得生活的味道。小锋初中没毕业就跟着大伙儿云南边闯荡了，这几年做着"皮包生意"，很是发了一把。后龙大哥却不屑，说"打飞机"般，迟早要跌下来的。农村政策现在这么好，不如早早地回家种田，也能发家致富。小锋揶揄道：种田？种田好耶，祖祖辈辈，饿不死胀不死。气得后龙大哥满院子追赶着小锋，操起一根扁担要打烂小锋的狗脑壳。

后龙大哥仍是日复一日地侍弄着他的田地，他把田地上的一棵棵小生命当成自己的宝贝疙瘩养着护着。后龙大哥还爱管村子里的大事，有一年在村里的选举中站出来说公道话摆公理。他说：人呀，吃着盐和米，就得讲情理！惹得院子里有钱有势的双成佬下不了台，双成佬气急败坏，动手打人。一身力气的后龙大哥竟没有还手，伤得不轻的他被送了医院。后来，后龙大哥的事惊动了镇里，镇里领导出了面，裁定村主任双成赔付数目不小的医药费。后龙大哥竟说，几千块钱的医药费赔不赔不要紧，要紧的是要双成佬放一挂炮仗上门赔礼。赔了礼的第二日，后龙大哥就起了床，红光满面，换了一个人似的，在村子里见人就搭讪，一把锄头高高地擎在肩上。搭讪几句后，后龙大哥还是放不下他的田地，又去侍弄着他的田地和田地上的一棵棵小生命。

后龙大哥在家里种着田，小锋在外"打飞机"，一年到头只有正月那几天父子俩才碰在一起。小锋和父亲说不上几句话，小锋不是不愿和父亲说话，小锋觉得和父亲说不到一块儿，一句话在小锋嘴里总是不利索，不像那一把把的钞票在小锋的手里听话。小锋和村里的年轻人都是一个样，要么不回来，逢年过节寄几个钱回来；要么回来了，也是拿了钱说事。小锋回家见了爹，不问田种得啥样，不问爹的身体咋样，没有一句知冷知热知心的话。他像一只热锅上的蚂蚁，团团转。小锋说，爹，把屋翻了。小锋说，爹，把背投装了。小锋说，爹，把寿办了。……小锋说，后龙大哥不接腔。小锋甩着白哗哗的钱大操大办，小锋感觉像做成了一单生意般滋润，然后哼唱着一首《死了都要爱》的流行歌曲又去了他南方的快乐世界。

后归哥是唯一留在村子里的年轻人，他也跟我说后龙大哥死相得很，跟不上时势了。我知道，后归哥也是生意人，生意人有生意人的看法。后归哥严格说来是半个留在村子里的人，他在湛田街上开着一个店子，卖副食烟酒、日杂百货、烟花炮竹、化肥农药……按他的话说，只要能赚钱的，他都做。而且，他在村子里还兼着信贷员、农电员、水管员、计育专干等。他好几次还鼓动我父亲回老家去替他拉选票，甚至还想豁出去拿钱买票，被父亲阻止了。后归哥说，花一些小钱，是值得的，上了台，我有我的路子。父亲看出了后归哥的心思，说，种田是一种责任，选上村主任更是一种责任，你不能只想着你自己，要想着大伙儿，要带着大伙儿奔。

后归哥生意做得不太正当，三不三（不时）来电话，问：要缴税费了，能不能少缴些？烟花被查了，能不能出面说情退回来？化肥有假了，处理能不能轻点？……一个个电话，火急火燎。这回，当面找到我，心燥肺炸地说：你得给我找县长出面，要出人命了……我顿时蒙了。好久，才缓过神来，说，过年过节的，乡里乡亲的，有什么大不了的事？后归哥说，还不是那口井的事。

那口井？！……

我记忆中的月光下的水井，是我最悠长的思念。

在静谧安逸的夏夜里，我常常担一对小木桶，晃晃悠悠地，横过晒谷坪，去村口那口井挑水。蓝幕般的天穹上，一颗又一颗星星向我眨巴着眼，做着一个个亲昵挑逗的举动。月光如水，丝丝的凉风从田野那边吹拂过来，我哼唱着童谣，旷野中有虫鸟低低的鸣叫，此起彼伏地应和着，更添了一份清凉和畅快。顿时，我觉得自己自由幸福得如一片云彩，轻飘飘的，飘来飘去，飘上飘下，飘荡到了水井边。这时，我往往把漆了清漆的小木桶轻轻地并排放下，并不急于打水。先是蹲下来，俯下身去，水井里清澈可见——墨绿的丝草、反光的沙石、游动的小鱼儿。丝草柔软如发，纠结在一起，一丛丛地葳蕤着、摇曳着、美丽着，它们总是那般细心呵护着一群群游动的小鱼儿。小鱼儿，一个个，任性骄傲，自由自在，怡然自得，欢快幸福。只有沙石总是沉静的，一任调皮的小鱼儿游来游去，把水叭进叭出，摇尾展翅，甚至还有几尾小鱼儿兴风作浪，把水搅出一片水花，沉稳的沙石也只是远远地欣赏着。小鱼儿们呢，都争先恐后嬉戏井底的水月亮，有的纵身一跃，有的近前久久不动，有的逃之夭夭。月亮狡黠而笑，荡漾开去，复又平静如镜，再荡漾，再复平静，凭鱼儿没完没了地欢闹。我也一样，静静地看着，不忍打扰小鱼儿。但是过了一会儿，我又无由地朝水面吹一口气，再吹一口气，吹得井面上薄薄的青雾袅袅婷婷，变幻莫测。我久久地出神，透过一层一层的雾，我仿佛真真切切地看到了缤纷绚丽的童话王国，看到白雪公主、丑小鸭、美人鱼、花仙子……甚至还听到魔法小仙女的窃窃私语。忽然，不知是谁把井面搅得白哗哗地响，我的童话王国也跟着晃荡起来……我知道是谁在背后捣鬼，忙慌慌地双手捧了几捧井水，咕嘟咕嘟地喝个精光，还说，甜，真是又甜又饱肚！立起身，慢腾腾地把一只小木桶一点一点地浸到井中盛水，水满满地平桶口了，就攒足了吃奶的劲一下一下提拉上来，再浸下另一只小木桶再提拉上来，一前一后摆开，插上竹扁担，吱呀吱呀地挑回家去。月光下，走一路，响一路，晃一路，湿漉漉的，青幽幽的，泛着光，满是生气和欢快。

晒谷坪里，小伙伴们有的追赶打闹，有的跳绳，有的丢手绢，有的跳田……奶奶总是久久地站在屋后的木桥边，眼睛越过晒谷坪，看到我横着一字担晃晃悠悠地一路走来，她一边喊着我的小名，一边拍着手喊着"加油，加油"，然后大笑不止。奶奶的笑声，在月光下如水潺潺流动，顺风流淌，穿越时空，久久地回荡。我们村子里祖祖辈辈喝的都是那口井里的水。小时候，我真的觉得那口井冒出来的水清又甜，解渴又饱肚。奶奶总是怂恿我去挑水，还特意为我打了一对小木桶。我每次挑回水，奶奶总是把小木桶高高地举起，水呈瀑布状直入大水缸里，白哗哗地欢响。然后，奶奶木勺一伸，连喝几口水，直说：水味正，水味正着哩，喝仙水一般。又抚摸了一下我小小的头，说，甜，伟宝挑的水，真是甜！

水味正？大人们个个都是那样讲村口那口井里的水。我不太懂正的意思。我只知道正大概是好是对的意思。要不然，大人们教小孩子学走路，总是强调不能走外八字不能走内八字，要走得正走得稳。大人们带我们去看戏看电影，总要让我们分辨哪个是正面的，哪个是反面的。当然，最为重要的，每户每家的大人们总要谆谆告诫自己的孩子："人正不怕影子斜，脚正不怕鞋子歪，身正心安魂梦稳。"做人要行得正，堂堂正正；做事要正派，公公正正……

后归哥说，还不是那个玉星癫子，他要把村口那口井填了。若不是后龙大哥下死劲地劝住，看我不打他个半死。玉星癫子的举措着实让人气愤，我说，这怎么行，村子里几百号人喝的都是这井里的水。父亲补充说，祖祖辈辈世世代代都要喝水的。后归哥又说，这玉星癫子是个哈宝，背地里有双成佬在使坏，还不是看我弄了几个钱。后归哥的这句话让我起了疑，估计事情并没有他讲的这样简单。

父亲也把水井的事看得紧要，和我一起去找后龙大哥。后龙大哥说，你们都知道，村口那口井是极好的井，再旱的年成，水也是清甜清甜的，鼓鼓地冒，四季不涸。后归脑瓜子活泛，安了电泵，在山腰建了水塔，把水井里的水抽上去，接了一根一根的自来水管，清清的井水欢唱到每家每户。本来是好事。后归也挨家挨户去收水费，起初大家也都积极地交，毕竟后归是投了资的，毕竟用水要比以往方便得多。后来，后归把水费提了一次又一次，慢慢地有人讲话了。讲是讲，交是交。到了最后，发现水质有些问题。看得出来，主要是水井和外面那口副井没有砌死，一抽水，副井里的水总往里面浸。副井，大家都是用来洗衣洗菜的，逢年过节，剖鱼杀鸡，水染得白红白红的，带着腥味。碰上这样的天抽水，水就有些问题。大家提过好多次，每回提，后归总是答应想办法。答应归答应，却总不见行动。

最恼火的，要数玉星，井水老是渗到他的田里。有一大片田冰在井水里，收成也就冷冷落落的，他的心也像冰在凉水里一样。玉星多次找后归交涉，终未果。有一天，他不声不响挑了几担田土去填水井。这一填，后归就和玉星打了起来。村主任双成出面调停，后归更是来火，打骂得更凶。好在后龙大哥挤在中间，平地一声喊：都是吃一口井里的水，骂什么骂，打什么打？一声喊，竟一下喊住了。

后归的二弟后楚后来回家过年听说了，就到处放话：我家后归下手还是不毒，要是我，早把玉星癫子和双成佬弄个断手断脚，充其量拿几万块钱来给他们治伤就是。后归的爹丁生叔听到，白了后楚一眼，都是钱烧的，显本事的吗？乡里乡亲的还要不要？！

丁生叔少言语，生了后归、后楚、后良三个儿子，一个都不随他。后归活泛，后楚蛮横，后良精明。后归一只脚在村里，一只脚伸进商海。后楚和后良都去了南边办厂，据说厂子像模像样，有几百号人，回来就半洋半土，拿腔拿调，吃起饭菜来，不吃辣，少吃盐，一副城里人的做派。两弟兄在村里每人修了一栋高楼，空在那儿，带着妻儿都去了南方，每年回家来过个年，正月初二撒腿就走。后楚跟我说，现在这社会，有能力的人都在外边混，满世界里捡钱，没有能力的待在家里。待在家里，就要老老实实、本本分分。像双成佬，以为一个鸟村长有多大，在我看来是一只蚂蚁的事。要惹我，我手指轻轻一捏，还不捏个粉碎。

后龙大哥对我和父亲说，其实，很简单的事。把水井、副井都起开，买个几百斤的水泥，隔开，又用不了几个钱。玉星我也做通了工作，他答应在自家的田和副井交界处砌一堵田墈，上上下下用水泥涂死，自己帮工帮料。父亲说，玉星也不是不讲理，我得说说后归：吃水是大事！做人是大事！别只顾着几个钱，要知道自己是吃这井里的水长大的！

吃过席，丁生叔和后龙大哥陪着父亲到处转转看看，我也跟在他们身后。春节后的田野，一点儿不像田野，到处空旷旷的。走在浩瀚的田野上，我们就像几只蚂蚁一般。这时，我无由地意识到：人是多么的渺小和微不足道。太阳像一个黄饼子，钉在高天上，无精打采，有一搭没一搭慵懒地照着地上的一切。大地像一个老人，自顾自晒着太阳，没了激情，没了语言，没了思想。

父亲显然是大大的失望，茫然四顾，久久地无语。好久后，他才回过头来看着我，竖在我面前是一个大大的疑问号。躲过父亲的眼神，我一遍一遍地放眼望去。我在努力找寻春天的迹象，田园里不见油菜一畦一畦地绿着，水塘里也不见团团的活水在歌唱，塘边的桃树枝丫上也不见桃花苞点发芽……我抬起眼，在田野上一点儿一点儿升高，盼望田野上拂过春的气息，终是徒劳。没有色彩没有气息的田野上，我和父亲竟分辨不出季节。只有秋收后散乱的草把立在田里，让我们回到了田野，回到了从前。乍一看上去，一个个草把，就像一个个人一样撇脚立在旷野上。孤零零的，像一个个孤儿，经过一冬的风霜雪染，有被抛弃的感觉。

父亲心痛地说，草烂在田里，可惜了！后龙大哥当然知道父亲的心思，解释说，现在农村，老的老小的小，妇孺孩子，耕种无力，没有几户人家去管这些草把呢，大多随它们烂在田里，有的甚至干脆付之一炬。丁生叔也是心灰意冷，说，只怕以后，再肥的田，有些人也懒得去耕作了。农村政策这么好，种田有补助，怎么就拴不住他们的心呢？丁生叔的发问，在我的心里咯噔一下。

后龙大哥随手指去，田垅间起了很多屋，一栋比一栋高大气派，一栋比一栋装饰豪华。后龙大哥气愤地说，要晓得，很多屋都是起在肥沃的水田上。你们看看，后彪、后归、后楚、后良、后同、后友、岩石，哪一个不是把高楼大厦修在良田上，没有一个心痛的。丁生叔接过话，说，唉，这些年轻人，挖空心思，走的路哪有老年人走的桥多，吃的饭哪有老年人吃的盐多，不听劝，总有一天会后悔莫及！

后龙大哥盯着身边的田，许久，许久，像是自言自语：田，田——田是什么？耕种的才是田。如今，没田赋了，田也不像田了……

忽然，我记起有人说过这么一段话：心灵也是一片田地，你不种庄稼，它就会长杂草。心灵的田地需要开垦耕种，要想让灵魂无纷扰，唯一的方法就是用美德占据它。心灵是片肥沃的田地，只要精耕细作，它就能开出明艳的花朵，结出丰硕甜美的果实。

少顷，我感到一阵清风拂过心田。我抬起头，双眼越过高楼，看见一丘丘田里散乱的草把，看得很远很远——

在那些年里，一个个草把是农家的宝贝疙瘩，晒干了，垒成高高的草垛，小孩子常把它当成温暖的草房，玩游戏时钻进草垛里，有时竟迷迷糊糊睡至月挂中天，忘了回家。一树草垛，就是农家的一仓粮、一堵墙、一片天，取暖照明，遮风蔽雨。牛在整个寒冬里，饱肚的干粮是它，暖身的棉絮也是它；家家的女人闲下来，都把洁净的草铺在床上，软和和的，足足温暖孩子们一个寒冬。男人们总是忙，随意扯上一把草，也是在清洗农具，准备着来年的春天。

眨眼间，田野上起了春风，有了绿意。春风荡漾，乡民们哼唱起自己熟悉的歌谣，飘扬在大地上：秧也好苗也好，有水有泥青青了；麦也好稻也好，无风无雨黄黄了……

去后山，树木又粗又高，柴草密不透风，黑洞洞的，不见一线光亮。进山的路早不见了，我不敢轻易进到树林里。我看着后龙大哥，自嘲地说，进去了我怕要迷路呢……

那个晚上，一向少言语的丁生叔留住父亲说了一夜话，后龙大哥也邀我喝了半夜新酿的米酒。后半夜时分，我明明是睡在后龙大哥的崽小锋的席梦思上，迷迷糊糊中，却梦见自己睡在软和和、暖烘烘的稻草上，我感觉到自己在稻草的芳香中飘浮起来，恍恍惚惚中，我又看到儿时的另一个我，猛一看是我，再定睛一看，分明是个稻草人，披着烂衣衫，戴着破斗笠，伫立在田野上，放眼四顾，乡民们正在农田里忙得热火朝天，挥汗如雨。一会儿，听，听，落在枯草上的盐，沙沙地响，白花花地晃眼。

在路上行走的鱼

这些年，只要老家那边有事，铁定了是红白喜事。父母只要放下那边的电话，立马就会来电话通知我，每次都说得郑重，说得急促。尤其是白喜事，父母更是千叮万嘱，要我千方百计地向领导请假，跟着他们一同回去吊丧。父母说，再大的事，也没有这样的事大，当大事哩。父母说，他们都是你的长辈，在生，忙来忙去，愁东愁西，挂这念那，难得安生，总算入土为安了；一个个，生前都冷冷清清，过得不易，走的时候，也该热热闹闹一下，大家总得送送才好。我记得，这些年，我和父母就一起回去正正式式送过晚爷爷，晚奶奶，大伯，三伯，七叔，八叔……

这回，腊月二十四，过小年，大娘又走了。父母清晨一大早告诉我，我们又是匆忙往老家赶。冰雪地冻，挡不住这场死亡的盛宴，浇不灭凡夫俗子向死而生的热度。一向冷清的小山村，腾空闹出一天一地的声响；一世无声无息无名藉藉的大娘，立马在方圆十里都有了名声。一路上，看着我们举着花圈，认识和不认识的人都要问一句：是去善塘铺里吧。哎呀，蛮闹热哩！七个崽女，一大家子人，崽崽女女、孙儿孙郎都开着小车，屁股后面冒青烟。人活一世，也算值了……

我最先见到的是后彪哥，一下倒没认出来。后彪哥却认出了我，恁怪我咋不认得他了。我有些窘，毕竟有二十年没见过面了。他一向很少回家，跟村子里的人也不太亲近，脾气大，性子又急。但我还是很不好意思，接过他的烟，随他在灶屋里一起烤火。我一边用铁钳夹着柴火一把一把送进灶膛里，一边尽力回忆起儿时的趣事。在我的印象中，后彪哥讲话做事一向利索，无论做什么都是冲在最前头。那时，队里每到快过年的几天，总要干塘捉鱼、分鱼，让大伙儿感受浓浓的年味儿。当然，每回，要等大鱼起完后，才准我们这些"细把戏"下塘捉一些漏网之鱼和小鱼虾。这个时候，尽管冷得人直哆嗦，后彪哥却扑通一声第一个下到塘中央，双手挥舞着，只几下，从泥水里就捉出一条大鱼，又几下，又一条大鱼，白哗哗地，欢快地，鱼在他的手上活蹦乱跳，就是无法逃脱。他随手一抛，白晃晃的鱼儿落在了塘坎上，沾了一身土，打着滚，跳得欢，前行着。后彪哥的小妹赶忙提篮去追，一路上摔了几次，跟跄着，一个身子往前一扑，全扑了上去，终是捉住了白得晃眼的一片，笑得大家前呼后拥。等我们回过神来，一个个，拿捞把的拿捞把，抄网的抄网，用篿的用篿，还有的甚至用竹畚箕、小水桶，忙得热火朝天，到头来也只弄得一些鲫鱼、条条鱼、漂漂浪、泥鳅、虾米、田螺、田蚌。这时，后彪哥早已上到塘坎上，洗净了手上脚上的泥，和他的小妹并排走着，一人伸出一只手，两人提着沉沉的一篮子，一路吹着口哨骄傲地得胜回朝，走时，看都不看我们一眼。

我本来想问后彪哥儿时捉鱼的事，话到嘴边，竟一时语塞，只一个劲儿看着灶膛里的火呼呼地燃烧。他是八叔的儿子，八叔是我们当时的大队学校里两个民办教师之一，也因此从小给了后彪哥一些优越，也让他自小就有一番好强斗胜的个性，什么事都想搞个赢的。却偏偏是，他父亲手把手教的书，他的成绩却不如我们，这让八叔和后彪哥很没面子。直到我离开老家，后彪哥很少主动和我搭讪。在很长的一段时间里，我百思不得其解。直至今日，我才有所意识。而今天，后彪哥却一脸真诚和平和地看着我，一双手紧紧地握着我的手，叹了一句：我们这些弟兄，一个个，不晓得说老就老了……就是这么一句话，让我和后彪哥的内心无限地亲近。是的，我在后字辈兄弟中排行第十，老大后龙哥已做了六十大寿，一个个已不再年轻，一个个都挑起了家的重担，沉稳、平凡了许多。我自过了四十岁，立马感到自己老了许多，身心疲惫，真的好累，什么事情也不想争个强弱，赌个输赢了。后彪哥呢，想必跟我一样，也许比我更是疲惫不堪。他这二十多年，听父母讲，也很是不易，一个人在外面跑运输，起早摸黑，"白加黑"是常有的事。自八叔过世后，两个妹妹出嫁，孝敬八娘，抚养两个孩子，都是他一个人挑在肩上。父母说，还好，后彪性子急是急，二十来年愣是没出过事。我问后彪哥：跑运输多久了？还过得惯吧。后彪哥却显得很平和，说，27个年头了，习惯了。我望着一脸黑瘦显得老气的后彪哥，一时想不到合适的语词，只是啧啧地称叹。他也望着我，说，老弟，写文章也费心得很，你看你比我小，头发早早地秃了，也要悠着点。灶膛里的火苗忽一下蹿得老高，照得一屋子亮堂了许多，我俩的脸被照得通红一片，我和后彪哥相视而笑，内心里却感触许多。

后彪哥说，有时间，兄弟们多聚聚。我说，应当，应当呀。大家何尝不知道，人生就是一部聚散离合的戏剧，有聚有散，聚散却总是令人不舍，聚散总是让人感伤。我们一个个都行走在路上，走在一条早已不是长满青草的路上，走在一条看似平整却处处充满陷阱和险境的大道上。后彪哥告诉我，对门院子里双庆佬的老弟在那边"混水摸鱼"，被判了好几年……谁又能预料，平静过后是风暴，就如在波涛汹涌的海平面上，往往杂七竖八漂着咸白肚皮的鱼儿，令人不寒而栗。我知道，后彪哥的大女儿在湖南财经学院正读着大学，小儿子也读着高中，家里的开销不会小，他还是会开着他的大卡车跑运输，他还是会攒起十二份的心劲。但是，一听到媒体上报道交通事故，我的脑海里每每闪现后彪哥和他的运输大卡车，我无由地后怕。我劝后彪哥开车还是要慢一点，最好能早一点歇下来，最好能换一个稳当一点的活儿。他说，跑运输，累是累点，挣钱还不错。他说，有一天实在开不动了，才会歇下来。我能说什么呢？！我只能默默地祝我的兄弟一路顺畅，祈求八叔保佑他的儿子一生好运，但愿我们内心深处的鱼儿，游得欢，如鱼得水，冷暖自知，善待自己。我无由地想到鱼。据说，鱼是一种最不知疲倦的动物，它生活在水中，何曾合过眼？即使死了，鱼也不会合眼。也有人告诉我，鱼的记忆只有几秒钟，它不记得自己的苦和累，自己游过的旧地方，一会儿又变成了新的天地，所以鱼永远是快乐的。

后彪哥说，你在灶屋里烤着火，我要出去看看。他怕老大喝高了酒，发火打人。老大后龙哥是大娘的长子，也是我们一班后字辈的老大哥。他一生守在土地上，从没有走出去，儿子国峰这些年在广州包工程发了财，想让他去当老太爷，他也不愿去。他说他一辈子的劳苦命，"老爷生活"不惯，他坐不惯那"屎壳郎"车，他也不习惯那边甜生生的伙食。他在家里，一日三餐温着小酒壶，喝上两杯水米酒，嚼几个尖尖的红辣椒，他的脑门就会出汗，他的印堂就会发亮。然后，他就要背着双手去田垄里走走看看，他就要去后山深处摸摸他栽下的树木，他甚至还要去水库边坐上老半天，看水面银光闪闪，看风从山口吹过来。后升哥是他的三弟，大娘过世了，他昨天总算回来了。一上桌，喝了一口酒，后龙大哥就来气，要扇他三弟后升的耳巴子，要后升跪在娘的棺材前认罪。这些年，后升哥一直在外，大娘的赡养费一直不肯出，最让后龙大哥生气的是，大娘卧病在床数月，后升哥也没有回家看过一次。后龙大哥吼叫着，要打死后升这个不孝的！这会儿，大伙儿都劝着后升，后升也许感到有愧，不敢回话，低着头。德生叔说，都不要吵了，人死为大，入土为安。你们七兄

妹，三一三十一，风风光光盛葬了老娘才是大事。这一说，后升哥第一次
把该出的钱拿了出来。我不知道，后升哥到底在"南边"搞得如何？但他
这样，究竟在老家是抬不起头的，逢人便要矮三分。后升哥在老家，应该
是最早出去打工的，文化水平也算最高的。他们都讲后升就是胆子太小，
小心谨慎惯了，总是出不了头，也不敢一个人单干，三十多年了，干得紧
巴，聊以糊口。后龙大哥的儿子国峰对三叔很是不屑一顾，他说他的三
叔，像一个漂漂浪（一条细小的鱼），在水面上叽水呷，叽出叽进，又如
何养得大？要么，沉到深水中；要么，深入大海里，才会养成一条大鱼。
其实，国峰最初出道，也是在他的三叔后升身边，只是没有多久，他就另
起炉灶，单干大干起来。"不管鱼大鱼小，都是吃家乡的水草长大，时不
时要游回来看看。"我有一年，回老家，去看了大病中的大娘，大娘没头
没脑地说起这句话。现在，我忽然觉得，这话是对后升哥说的。想必她思
儿心切，没有一天不念叨着。谁都知道，再不济，哪个儿子不是娘的心头
肉？大娘走了，后升哥不几日也就走了。我想的是，他还会游回来吗？老
家流传着一句老话，家乡水好养鱼，故里春多留人。

　　我从后彪哥家里出来时，迎面遇着中宝叔，问起冬光哥。中宝叔说他
很少回家，莫要问起那个畜生。中宝叔是冬光哥的亲晚叔，冬光哥是玉田
叔的独生子。玉田叔好赌，家里的事一概甩手不管，中宝叔只得一手接
了，照看着冬光哥一家。瘸腿的中宝叔，一脚高一脚低走在生活边上。这
样，中宝叔就一直没有成家，只是夜深了常爱抱一把二胡拉得凄美苍凉。
有人打趣着，冬光哥有两个父亲，贵气无比，打小养成衣来伸手饭来张口
的毛病，长成的就是一个人秧子。女大待嫁，男大当婚。中宝叔就一脚高
一脚低上人家的门，到处央人求情，又置办不菲的彩礼，总算让冬光哥成
了家。哪料，新媳妇过门没几天，就吵着要冬光哥单立门户，置这置那。
中宝叔看着，不能寒碜了新媳妇，也不能让自己无用的侄儿为难，就把自
己要置办棺材本的钱悉数拿了出来。然而，这个新媳妇却不领情，日日在

村子里指桑骂槐，一会儿哭自己的命苦，一会儿又骂自己的男人无用，甚至，还恶毒地放出话来：谁骗的她，残脚断手，不得好死，断子绝孙！那些日子里，中宝叔阴郁着，只是在夜深的黑里，一把二胡拉得更是凄惨，如泣如诉。不久，这个新媳妇带着冬光哥远走广州打工，村子里安静了些，阳光也平和了许多。其间，他们回来过一次，那是这个新媳妇腆着个大肚子回来生孩子。生下孩子，一拍屁股就走了人，把一个未满月的孩子甩给了她娘白莲婶。从此，吃喝拉撒，不管不问，生病上学，也不寄钱回家。结婚前，中宝叔和白莲婶到处借钱修好的新房，可恶的儿媳妇哐当一声，硬生生地，一把锁锁了，不让白莲婶和孙儿住。一村子的人，很是生气，都问：哪有这样做儿媳妇的？！白莲婶却不气不急，中宝叔也没有说话。中宝叔还是一脚高一脚低走在一地金黄的稻田间，白莲婶还是天天看着自己的小孙子。只要看着自己的小孙子，白莲婶就十分开心，就有十二分的劲儿。小孙儿白白胖胖，腰滚肚圆，像一条小鲤鱼般欢蹦乱跳。没几年，白莲婶患癌症过世了，冬光哥虽然还是回来了，却没能带回她老婆。她老婆坚决不回来，在老家算是开了一个先例，绝无仅有。谁都教训着冬光，要他把这个忤逆不孝的老婆打发掉，但很"肉"的冬光就是不吱一声。谁都不知道，冬光到底是怎么想的。谁都不知道，冬光这么些年在那边到底是怎么过来的。但是，中宝叔很是气愤，一向很疼冬光哥的他，气急地骂冬光哥是没有骨头的鱼。丁生叔更是没好气地说，没有骨头的鱼还是鱼吗？！没有脊梁的人还算人吗？！要是我，早把他的木鱼脑壳敲烂了。

我从中宝叔的老屋回来时，再次看到了后同哥，他仍然只是向我笑了一下，算是打了个招呼。他刚去下桥商店里买回了大娘办丧事要用的炮仗。此时，个子不高的他正从自己家里费力地搬来一套楠木桌椅，办丧事开流水席用。在我儿时的印象中，三伯、三娘、后同哥，都与他家的小土屋一般，矮塌塌的，不起眼。后同哥尽管小时候成绩好，却没有几个人愿意跟他接近，我想除了他整天不言不语之外，还有一点就是他家太穷，一年四季总是穿得破破烂烂，脏了巴唧。他的父母常年生病，药罐子不离手，一股子药味熏得村子里的空气也不清爽，熏得人也没了精神。我家自老家迁进县城后，三伯、三娘经常来县城里看病，父母就向我们兄妹几个一五一十说起三伯、三娘的种种可怜和痛楚。我记得，我们参加工作后，有几次我和姐妹三人去医院里看三伯、三娘，每次去，总要给一点钱。这个时候，三伯、三娘总是千恩万谢，感动得泪水盈眶，若后同哥在场，还总是要叮嘱他日后要记着还情。三伯的病到底没有能治好，痛苦地离开人世，三娘也终日是病恹恹、痛楚楚的。有好几次，我听得母亲讲，三娘哭喊喊的。后来，又听母亲说，你后同哥成了家却生了个残疾的崽，你三娘终日以泪洗面，哭天喊地。你三娘不服气，总想要接起"后"（续"香火"），又要儿媳躲计划生育连生了两胎，两个都是女的。母亲说，你三娘家真是太背时了，日子真不知如何过呢。在我的印象中，记住了病恹恹的三娘，记住了她家矮塌塌的土屋，记住了不声不响的后同哥，更记住了三娘的哭和后同哥残疾的儿子。

　　连续这几年，后同哥又出现了，不声不响的他没有多大的改变，衣着也还是那样土气。每年春节，后同哥都要早早地来给我父母拜年，拿的礼品却一年比一年高档，先是搭客车，后来又自己开了个小四轮，今年又开了一台小车来了，说是自己买的。这一切，不禁让我惊讶。后来，我从父母口中得知，后同哥个子矮小人老实，做事却有板有眼，又聪明肯钻研，在一个厂子里管技术，老板离不开他。加上老板又跟后同哥的老婆是亲戚，放得下心。厂子办得红火，老板也满是高兴，前年后同哥在老家起屋，老板无偿给了他30万，今年他买车，老板又给了他10多万，还把他残疾的儿子安排在厂小卖部。后同哥越发地尽心，他跟他老婆对老板更是一心一意，很多年了也从不提加薪的事。父母说，你三娘终是享福了，只是你三伯去得太早。去年，三娘七十大寿，村子里长辈的人送的寿礼，后同哥一律加倍封包还礼，村子里的人个个竖起大拇指，称赞后同哥和他的老婆仁爱、懂事、记情。谁家有个红白喜事，后同哥每回都带着老婆一路开车回来做情，他还总是人前人后不声不响地帮忙。父母对后同哥说，你来来去去，也不容易，有这份心就行了。后同哥很坚持，说，上高速，也就是八个多小时，一定要心到，人到。后同哥没有多说什么，他只是说一定要坚持。父母说，那些年里，谁对你三娘家有一根手指头的好处，后同这伢子都记到心里头去了。看着后同哥，我忽然记起一句话：白云懂得感恩蓝天，鱼儿懂得感恩大海。鱼知水恩，水识鱼德。鱼和水的关系，有一句歌词唱得感人：你看不见我的眼泪，因为我在水中。我能感受到你的眼泪，因为你在我心中。其实，在古代，"鱼"和"水"的图案是繁荣与收获的象征，人们常用"鲤鱼跳龙门"寓意事业有成和梦想的实现，"鱼"还有吉庆有余、年年有余的蕴涵和象征。

　　我从老家回来，心里七上八下，一会儿激动不已，一会儿又空空落落。走进书房里，一会儿坐下，一会儿又站起来，我不知自己想要干什么。随手，拿起一本旧杂志，看到一篇小说的题目——《在路上行走的鱼》。无由地，我的心里忽然咯噔了一下，喉咙间不禁发出抽搐声，眼里也热热的，窗外一片朦胧。于我来说，真正要读懂《庄子》，还是要从生活中来，到生活中去。"子非鱼，焉知鱼之乐也？"，这句名言其实也可以这样理解：子非鱼，焉知鱼之苦；子非我，焉知我不知鱼之苦？《孟子》教导我们：和谐自然，以民为本——"数罟不入洿池，鱼鳖不可胜食也。斧斤以时入山林，材木不可胜用也。"……所以，佛家有云："敲破木鱼是人生。"

　　那个夜晚，我梦见自己，还有后彪哥，后升哥、冬光哥、后同哥、都变成一条条满怀希望的鱼在路上行走，一条条宽阔的道路，上上下下，左左右右，飘飘忽忽，不知伸向何方，看得我们一个个不知所云。忽然，竟发现那些道路如水连天，飞到天上去了，飞到银河中去了。夜空中一片硬白的月光，还有一天鬼鬼祟祟闪烁的星眼，更是让我们一个个不知所措……

一刹那，月光下的鱼和前行的路，不知所踪，天地一片炫白。

我和许许多多的鱼儿一起游到了岸上，在充满世俗和灵魂的路上艰难地行走，竟找不到来时的路和归去的路。我清醒地意识到，小时候的广阔水域已不复存在，蓝天白浪和鲜美的水草更是难觅……这时，有人在我们后面追着呼喊着：鱼人，鱼人！我不知是喊谁，喊我？还是喊后彪哥、后升哥、冬光哥、后同哥，抑或其他人？我又惊又急，梦醒了，又是一身湿湿的冷汗。

鱼人，鱼人，好古怪的名字！快速地查找了一下资料，古生物学告诉我们：在很久很久以前，气候温暖潮湿，树木葱郁茂盛。在一望无际的沼泽地带，生活着我们的祖先——总鳍鱼这一类古老的鱼，有一部分总鳍鱼爬上了陆地，成为两栖类的祖先，发展成为陆上的脊椎动物。鱼和人一样，是有骨头的。亿万年来，鱼进化成猿，再由猿演变成人。这般说来，鱼人——一直以来就是我们大家共有的名字。

有人讲了这么一个笑话，说，鱼原本是生活在陆地上的，是因为陆地上有猫要吃鱼，鱼后来才到水里生活的。听到这个笑话，我却一点儿笑不出来。

这时，一曲天籁之音的《万物生》，在路的尽头响起，令人无比地震撼：从前冬天冷夏天雨呀水呀/秋天远处传来你声音暖呀暖呀/你说那时屋后面有白茫茫茫雪呀/山谷里有金黄旗子在大风里飘扬/我看见山鹰在寂寞两条鱼上飞……

第四辑

永恒的背影

你的眼里有春天

　　总不时地记起一幅画，那是华君武先生在甲戌年的春天里为冰心老人画的一张漫像：宽宽的额头上写满了《寄小读者》，丰硕的脸庞上堆满了慈祥和爱意，春天在你的眼中如草一般疯长……

　　也时常对着一张相片久久地出神，浮想联翩，那是冰心老人和她一生最爱的小猫的合影。在书房里，你和你最爱的小猫是那样的近，那般亲昵，那么安谧。我一眼就看见了你的眼里有无限的春天，和窗外小鸟歌唱、万物滋长的声音，足以使我心灵深处的积雪融化殆尽。

　　你的眼里没有一丝杂质，有的只是洁净、纯正、温暖、柔软和博大。你的眼里，有无穷无尽智慧的繁星，有一望无边纯真的春水。

　　你从小生长在一个充满爱的家庭里，后来又到了教会办的贝满女中和燕京大学读书，较早地接触《圣经》。你回忆说，在一个阴天，你前去《圣经》课教授安女士书房里补考，抬头无意中看见了炉台上的一幅画：一片危峭的石壁，满附着蓬蓬的枯草，壁上攀缘着一个牧人，右手拿着竿子，左手却伸下去抚摩岩下的一只小羊，他的指尖刚及到小羊的头上。天空里却盘旋着几只饥鹰。画上的天色与她那时窗外的天色一样，阴沉暗淡。牧人的衣袖上，挂着荆棘，他是攀崖逾岭的去寻找他的小羊。可怜的小羊迷了路，地下歧途遍布，天上有饥鹰紧追着……牧人来了！并不责备它，却仍旧爱护它。它又惭愧，又欣喜，仰着头，挨着牧人的手。你说，你好感动，感动得泪水奔涌而出……凝视间，圣水洗净了罪污，小羊超升为高天的云朵。许多年后，你还是记忆犹新，感叹不已。

你出生在大海边，父亲是一名海军军官，直到全家随父北迁离开福建前，你一直没有离开过大海。大海，是你永远的家乡，永远的情结和梦幻。你说："海好像我的母亲，我和海亲近在童年。海是深阔无际，不着一字，她的爱是神秘而伟大的，我对她的爱是归心低首的。"爱童年，爱家乡，爱大海，爱星辰，爱世界。所以，你后来教课时，头一篇文章总是叫学生写自述。一到寒暑假，你总是劝学生们回去。你说，家，总是可亲的；家，总是人生的安慰；家，总是温暖的海洋。也许，几回回在梦里：轻轻地推开门，屋里很黑暗，却有暖香扑面。母亲坐在温榻上，对着炉火……

我也非常怀念童年。正如你所说：童年啊！是梦中的真，是真中的梦，是回忆时含泪的微笑。我也常常想念那个叫善塘的老家，想念奶奶，想念童年的伙伴，想念那些散落着的山和纤纤溪水，还有那古槐，那晒太阳的老黄狗，那疯长的田野，那条通往村外弯弯曲曲的小路……我也时常想起你说过的一句话——"把美好的东西带给孩子们，让他们有个幸福的童年。"于是，我的笔下，常常走不出我的童年，走不出家的港湾，走不出爱的春天。我知道，是你的《繁星》给了我智慧，是你的《春水》给了我纯真，是你的《寄小读者》给了我温暖。

19岁的你，跟当时大多数的青年人不一样，没有迷茫，没有浮躁，没有狂乱。你主张"用爱来调和一切矛盾"，你的文字里总是渗透着"爱的哲学"，你总是有一颗最纯真、最善良的金子般的心。茅盾也不得不佩服你，他说"在所有五四期的作家中，只有冰心女士最属于她自己"。你属于你自己，属于自己的内心，属于爱的春天。属于自己的，也是属于大众的；属于爱的世界，也是属于超越时空的。难怪评论家阿英也说，青年读者有不受鲁迅影响的，但是没有不受冰心影响的，巴金他最初开始写作的时候就是写冰心体的小诗。有人说，鲁迅是一柄锋利的社会手术刀，而你是一个慈爱的灵魂布道士。

爱母亲，爱生活，爱生命，爱土地，爱自然。你在和评论家杨义的通信中说：关于我自己的散文，最使我动感情的是《南归》。你那两万多字的《南归》，母爱情深跃然纸上，感人肺腑，至情至性，至真至纯，见证着母爱和童心的永恒价值。

"母亲啊！撇开你的忧愁，容我沉酣在你的怀里，只有你是我灵魂的安顿。母亲啊！天上的风雨来了，鸟儿躲到它的巢里；心中的风雨来了，我只躲到你的怀里。"

后来，你常常动用"母爱"这一无病不治的法宝。你在《超人》中描写了男主人公何彬患有阴郁症，厌世，却因为受到了一个纯朴、天真、可爱的孩子——禄儿的启发和感召，而转变了。禄儿给他留下的那一段话："我有一个母亲，她因为爱我的缘故，也很感激先生。先生有母亲么？她一定是爱先生的。这样我的母亲和先生的母亲是好朋友了。所以先生必要收母亲的朋友的儿子的东西。"禄儿的话深深地震动了何彬，令他泪流满面，犹如重生。

童心和母爱真情对话，大海遍乡愁肝胆照人，你眼里的世界总是有春天！

就是在最寒冷的冬天，在最荒芜的大地上，你还是停不下爱的脚步和春天的思绪。1940年的重庆歌乐山，日本飞机狂轰滥炸。你凝望上天，后来在诗歌《鸽子》中是这样地写道：乖乖，我看见了54只鸽子，可惜我没有枪！……我想，你当然愤怒，但愤怒之后，你更是想望着天上的54架敌机，要是变成54只和平鸽该多好呀！

战后，你来到日本，看见东京也是一片废墟，瓦砾满地，很受震动。你的女儿吴青后来在采访中说到她那时是多么地憎恨日本，有一次，她约了几个孩子骑着六辆自行车，一路狂追一个日本小孩，直到把日本小孩追倒在地。你后来得知，很是生气，说日本人民其实是反战的，不要撒下仇恨的种子，要以爱的方式结束战争。你后来常常请一些日本妇女来家吃饭、谈话，还一定请家里的大师傅做好足够的饭菜，并且要她们吃饱后再带回家给她们的家人吃。你后来还写了《给日本的女性》的一封信，鼓励中日女性带领子女共同重建家园，用互帮互助去化解仇恨。侨居日本五年，你到处宣讲和平，传播爱的福音，描绘眼中的春天。很多日本妇女一见到你，总是泪垂不止，长跪不起。你一清如水，用人性的光芒、精神的伟岸，焐热大家冰凉的胸膛，温暖着整个世界。

爱在左，同情在右，走在生命的两旁，随时撒种，随时开花，将这一径长途，点缀得香花弥漫。巴金说，思想不老的人永远年轻，冰心大姐就是这样的人。我说，爱心永恒的人的眼里永远有春天，你就是这样的人。

在你的眼里，在你的笔下，在你的心中，总有春天在。你说，我们在矿山里开出了春天，在火炉里炼出了春天，在盐场上晒出了春天，在纺机上织出了春天，在沙漠的铁路上筑起了春天，在汹涌的海洋里捞出了春天，在鲜红的唇上唱出了春天，在挥舞的笔下写出了春天……你总是把爱的芳馥写进了多如繁花的诗文里，你总是把春的意象描绘在广袤无垠的大地上。

你在《春水》里写道：春何曾说话呢？但她那伟大潜隐的力量，已这般的温柔了世界了！

你要把春天的力量和足够的热传递给大家。葛翠琳说，她有一次去医院里探望你，怕把细菌传染给你，进门时先洗了一把冷水，你握着她的手问怎么这么凉？于是，你紧紧地捂住她的手。她不忍心让你捂着，想要你松开。你却说，没关系，我还有足够的热给你。她动情地看着你，流着热泪说，你还是把这热再给孩子们吧。你一生爱孩子，心无旁骛，全心全意，爱心永远。你总是说，和孩子在一起自己不会感到老，和孩子说话，和孩子玩，用孩子的思路去看事物……你永远没有离开孩子，孩子是你的全部，孩子是祖国的春天。你就是这样，爱孩子，爱人民，爱祖国，爱人类。

1990年的春天，是你的90大寿。知道你一生爱孩子，葛翠琳倡导以设立冰心奖来向你祝贺是最恰当不过的。从此，冰心奖，一个美丽的童话梦，生根发芽，影响着一代又一代人。在纷繁复杂的尘世中，摇曳着一派纯真的梦幻，打开一个心灵的春天。看啦，蜜蜂在春天里忙碌，成功的果子在光明里结实。

先后三次获得冰心儿童文学新作奖，让我无上荣光；更让我知道，得奖仅仅是创作的开始，一切都还是开始，千里之行，始于足下！我看到冰心奖的奖杯上，有两只铜鸟栖落在黑色的大理石底座上，小鸟仰着脖，张着嘴，急切地望着大鸟，大鸟伸长脖子，头低垂下来，嘴叼着食物喂进小鸟口中。我想，你就是那只大鸟，每每衔食的大鸟，永远不知疲倦，永葆春天的希望。

我知道，因为，有了爱，就能谛听从前的美丽；有了爱，就能唤醒沉睡的花朵；有了爱，就会看见一个个升起来的新鲜的日子；有了爱，就会拥有一丘丘生命的秧田；有了爱，风带着绿意，雨落下恩情，雪飘着圣洁，黑夜也在欢快地舞蹈；有了爱，目光的道路始终通向远方……因为，你说："有了爱，就有了一切。"

在写你时，我想到了奶奶。在想奶奶时，我又记起你。你如我的奶奶一般，有宽阔的额头，丰硕的脸庞上堆满了慈祥和爱意……最重要的是，奶奶每回见到我，总是说：让我看看你的眼！她总是先要盯着我的眼睛看一会儿，再看一会儿。然后，她就很高兴地对我说，你的眼里有春天！于是，奶奶一百二十个放心，十二分地高兴。

你的眼里有春天！你的眼里有春天……

我又记起你在一篇文章中写道：春在眼前了！这四棵海棠在怀馨堂前，北边的那两棵较大，高出堂檐约五六尺。花后是响晴蔚蓝的天，淡淡的半圆的月，遥俯树梢。这四棵树上，有千千万万玲珑娇艳的花朵，乱哄哄地在繁枝上挤着开……

春在眼前了！春更在心中了！

你又是十二分的高兴问我们：看见过幼稚园放学没有？你没等我们回答，你又那么兴奋急切地抢先说着：从小小的门里，挤着的跳出涌出使人眼花缭乱的一大群的快乐、活泼、力量和生命；这一大群跳着涌着的分散在极大的周围，在生的季候里做成了永远的春天！

耕堂荷韵自然心

我常爱抚摸那本素朴的《曲终集》，久久地出神。在书房里如此，出门也常常带着它，一个人在寂寞时与它为伴，心中就多了一分温暖与光明。这是《耕堂劫后十种》里的一种，也是孙犁的最后一本书。

是啊！曲终人未散，坐深云自淡，行尽月犹清。

孙犁，不是个大红大紫的作家，但谁都说他是一个真正的作家。孙犁若如某些人，其实也是可以大红的。当年，孙犁在《解放日报》上发表《荷花淀》，毛泽东看过后写道"这是一个有风格的作家"，大为肯定。孙犁却从未向人言说，只是独守芸斋，寂寞耕堂，以笔为犁，用作品说话。

我读孙犁，深深地感受到他作品中的"唯真、唯善、唯美"。他总是那般真诚，他的作品都是从生活出发，对"美的极致"的发掘和诗意的表达。《荷花淀》是这样，《铁木前传》《风云初记》也是这样。孙犁对待作品是认真的，也是有感情的。1951年，孙犁在《天津日报》副刊写作小组上发言时就特别强调，要注意作品的生活性和真实性，必须有情感，必须让群众知道我们。

孙犁对于语言也很挑剔。他说："一种是真正丰富的纯粹的语言——好语言；一种是贫弱芜杂的语言——坏的语言。"孙犁的说法，让我想到儿时看大戏、看电影总爱分辨"好人坏人"一般，来不得半点混淆，泾渭分明。孙犁还说，语言不能素朴，不能形象，便也不能明确。

孙犁对于文坛，一向总是清醒的。他说，近年来，尤其令我失望，当然，首先是社会风气，其次是文坛现状。他还感慨万端地说：我要离得远些了。早些年，他就提出：文人宜散不宜聚，尤不宜聚而养之。他还说，近年来，文艺评论，变为吹捧。或故弄玄虚，脱离实际。作家的道路，变为出入大酒店，上下领奖台。因为失去了真正的文学批评，致使伪劣作品充斥市场。

孙犁在给贾平凹的散文集《月迹》作序中，更是一针见血地指出：文艺之途正如人生之途，过早的金榜、骏马、高官、高楼，过多的花红热闹，鼓噪喧腾，并不一定是好事。人之一生，或是作家一生，要能经受得清苦和寂寞，忍受得污蔑和凌辱。要之，在这条道路上，冷也能安得，热也能处得，风里也来得，雨里也去得。在历史上，到头来退却的，或者说是销声敛迹的，常常不是坚定的战士，而是那些跳梁的小丑。我把这一段文字请人写就装裱好挂在我的书房，后来又把这一段文字用红字置顶在我的博客上。于我来说，于文人来说，这不啻是为人为文的至理名言。

情多草莺，梦远荷雨。孙犁至性至情。"梦中每迷还乡路，愈知晚途念桑梓。"游子难归，孙犁晚年思乡心切。他曾托朋友去他老家走一趟，拍下他家几间老屋的照片。关于老屋，村支书曾来信催问处理意见。孙犁回信说：也不拆，也不卖，听其自然，倒了再说。后来，孙犁在《老家》文中解嘲地说："那总是一个标志，证明我曾是村中的一户。人们路过那里，看到那破房，就会想起我，念叨我。不然，就真的会把我忘记了。"

再后来，村里来了几个人找到他，说村里建小学，县里不给拨款，资金困难。孙犁二话没说，建小学，每个人都有责任。他拿出一本刚刚出版的散文集，说写了一年多，人家才给八百元。当然，孙犁不是唱穷，实话实说。村里来的几个人都不言语，一个个盯着自己的脚尖看。孙犁考虑良久，就说："有两个方案，一个是我给你们两千元；一个是你们回去把旧房拆了卖了，我再给一千元。"后来，村里采用了第二个方案。从此，故园消失了，老屋存于孙犁的记忆之中，念想之中。

在文艺界，孙犁尊重妻子、疼爱妻子是出了名的。他和妻子是旧时代典型的媒妁之婚，却一直不离不弃。妻子后来对娘家人说："他这个人心软、实在，知道疼人。那么不容易把我们全部接出来了。"刚刚解放时，孙犁去北京开文联大会，因不与农村妻子离婚，特别受到大会主席的表扬。后来，孙犁还经常给妻子剪头发，教妻子认几个简单的字，给她讲几句古诗。同时，妻子生活化的一些口语，也常常出现在孙犁的作品里。孙犁在《亡人逸事》的结尾处写道："我们结婚四十年，我有许多事情，对不起她，可以说她没有一件事情是对不起我的。在夫妻的情分上，我做得很差。正因为如此，她对我们之间的恩爱，记忆很深。我在北平当小职员时，曾经买过两丈花布，直接寄至她家。临终之前，她还向我提起这一件小事，问道：'你那时为什么把布寄到我娘家去啊？'我说：'为的是叫你做衣服方便呀！'她闭上眼睛，久病的脸上，展现了一丝幸福的笑容。"有人说，孙犁与妻子的感情是一颗无花果。没有艳丽的花，却有甜甜的果。

在儿女们的心目中，孙犁更是一介布衣，平常自然心。孙晓玲写父亲的书就叫《布衣：我的父亲孙犁》，她在写父亲的文章中，有一段这样的文字："照片上父亲身穿长袖白衬衫，灰色布裤，黑布鞋。他拢着我细瘦的小胳膊，我娇憨地依偎在他的身旁。"有一次，孙犁去幼儿园接女儿，看到别的小孩拿着玩具玩得起劲。孙犁看在眼里，心里就记下了，那年他作为中国作家代表团成员访苏，他一古脑儿买回了几大包玩具。这与孙犁一向节俭大相径庭，那个时候一家七口都靠孙犁一个人养着。

段华清楚地记得，1989年12月下旬的一天，《天津日报》副刊部的邹明走了。80岁高龄的孙犁好半天不说话，后来很是沉痛地对他说："邹明死了，这几天我说不清心里老闷着，前几天写了四五千字，交给《光明日报》了，发表后你可找去看看。可能是因为邹明跟着我时间长的缘故。"说完，他又沉静下来，默默地抽烟。对于一个比他年龄小得多的下级，感情那么真挚，实在是让人动容。孙犁写完《悼念田间》一文说："我早晨四点钟起来，写这篇零乱颠倒的文章，眼里饱含泪水。"

原中宣部秘书长、机关党委书记李之琏是孙犁在育德中学的同学，孙犁有一篇《小同窗》写的就是他，两人之间关系很好。当时，全国文联、作协的党组织是受中宣部机关党委的领导。那时，孙犁却很少和他联系。后来，李之琏被打成"右派"和"安之文叛徒集团"，孙犁却跑了去，赠书赠币慷慨相助。

有一年冬天，孙犁作为中国作家代表团成员赴苏联参观访问，带回很多照片，他妻子找了半天也没找着他，后来对亲戚说："人家照相都靠前站，他却总往后面躲，找不着他。"

孙犁就是这样的一个人！

人生云水过，平常自然心。

前些日子，在深深的夜里，我竟几次梦见孙犁先生坐在他那把用了多年的藤椅上，藤椅上垫了个棉垫，墙边立着一幅中国画，画面下方是一棵水墨泼洒勒染的大白菜，上款"朴实无华、淡而有味"。一线阳光斜照在他灰白的头发上，他手持黄卷，面目安详，神情怡然。阳台上有一大盆荷花，长得正盛，如若初好。

我知道，孙犁的品质一直影响着我，激励着我。他一介布衣，宁静生活，自然本真。熙熙攘攘的世界中，他是那般博大安详，特立独行。孙犁是宁静的，孙犁也是经典的。经典的是他的作品，也是他的人品。大道低回，大味必淡。他是有大境界的，也是有风骨的。在生，曾有友人送他一副楹联：究史研经敬畏耕堂抨丑怪，淡泊名利依然淀水妙莲花。在那菡萏盛开摇曳飘香的季节里，孙犁走了，素纸上有一副挽联极为醒目：荷风荷雨荷花淀，文伯文豪文曲星。我想若是孙犁得知，他一定会连连摆手，脸色微微泛红。他很谦卑，曾经自嘲："小技雕虫似笛鸣，惭愧大锣大鼓声。影响沉没噪音里，滴澈人生缝罅中。"

布衣孙犁，荷般高洁；清曲绝响，淡云长流……

人间草木

"山丹丹开花花又落，一年又一年……"山丹丹记得自己的岁数，多开一朵花就是多添一岁；树增一圈年轮，贝壳又多一道生长线。草木年华，人生世月，寸心皆知。

"枸杞头到处都有。枸杞头是春天的野菜。"平常人自有平常人的幸福和希望。"这家怎么会想起在门头上种一丛枸杞？""槐花盛开，槐花又落了。"惹得一些寻常人家无由地失落和感喟。就是这平平常常的两三句话，汪曾祺立马写出了一个寻常人家的感情世界和生存天地。

真正是，无端地喜欢"人间草木"四个字。在现当代作家中，我想汪曾祺与我是靠得最近的一位。当然，这并不是我与他有什么零距离的亲密接触，或者个人的偏私，是他的作品让我感到那样的亲切，与寻常百姓家又是那般的熟谙，那些花鸟虫鱼，草木叶月，四季蔬果，四方食物，猪啊狗啊……尽是带着人间的情味，扑面而来，字里行间总是氤氲着一股人间烟火味，草木精神在。

说到汪曾祺，不能不说到他的父亲汪菊生。正是他这个绝顶聪明的父亲，给了他太多。父亲会画画，会刻章，能弹琵琶，拉得一手好胡琴，竹箫管笛，更是无一不通……还擅做风筝，做西瓜灯，养蟋蟀，看戏，唱曲……从小，父亲带着他高高兴兴地"玩"，多年父子成兄弟。这样，小小的汪曾祺，就有十八般武艺上身，终日里，吹拉弹唱，不歇片刻。有时，甚至还到田野里疯上一回，在一地金黄的油菜花里打滚。

上学了，汪曾祺走在放学回家的路上，也是那样好奇和贪玩。看见那卖牛肉高粱酒的，卖卤豆腐干的，卖五香花生米的、芝麻灌香糖的，卖豆腐脑的，卖煮荸荠的，还有卖河鲜、卖紫皮鲜菱角和新剥鸡头米的……他就久久地不肯离去，把那一街的色、香、味，嗅进肚里头，再在脑海里回味大半天。路过银匠店，他走进去看老银匠在模子上敲打半天；路过画匠店，他歪着脑袋看他们画"家神菩萨"或玻璃油画福禄寿三星；路过竹厂，看竹匠把竹子一头劈成几岔，在火上烤弯，做成一张一张草耙子……

后来，他在《戴车匠》中，便是这般生动描绘，美丽如画：戴车匠踩动踏板，执料就刀，镟刀轻轻地呻吟着，吐出细细的木花。木花如书带草，如韭菜叶，如蕃瓜瓤，有白的、浅黄的、粉红的、淡紫的，落在地面上，落在戴车匠的脚上，很好看。

很好看，很好玩，很有趣。世界，在他的眼里总是这样的新奇和有趣；人呢，一个个立在大地上，也是这般的平凡而有味。于是，汪曾祺就很喜欢写人。写"小明子牵牛，小英子踩水车；小英子的爸爸种田捕鱼，妈妈喂猪绣花……"；写一个小锡匠的爱情故事；写"李小龙的黄昏"；《熟藕》里的刘小红和卖藕的王老汉，《珠子灯》里的孙小姐；还有那《故里三陈》，那《钓人的孩子》，《辜家豆腐店的女儿》中的女儿，《黄开榜的一家》中的一家人……甚至包括改编古代故事中的人物——蛐蛐、瑞云、陆判、螺蛳姑娘……他总是"感觉到周围生活生意盎然"，他自然而然地"用充满温情的眼睛看人"，"去发掘普通人身上的美和诗意"。

当然，也写"为团长的老婆接生，反挨背后一枪而送命的陈小手"；"有既是水果贩子又是鉴赏家，死后和画合葬的叶三"；《兽医》里写了一位身怀绝技、外号叫做"姚六针"的兽医姚有多和寡妇顺子妈面对的一场喜事抑或丧事；《露水》中的一对露水夫妻的寒凉；还有那不绝如缕忧伤的《天鹅》曲……这样的人物和故事，更是让人唏嘘不已。

秦少游有诗："菰蒲深处疑无地，忽有人家笑语声。"家长里短，汪曾祺信手拈来，皆成故事和画卷。家常小菜，汪先生写得津津有味，色香味全。故乡的食物和野菜，五味萝卜，四方食事，手把羊肉，寻常茶话，令人口舌生津，食指大动。人间草木，处处有情；花鸟虫鱼，个个生动。该独放时独放，热烈时热烈，安静时安静，自由自在，安闲自若，自得其乐。就像汪曾祺，这个在胡同口闲庭信步的慈眉善目的老头儿，亲切、家常、真实、温暖。须知，这个平和老头儿跳动着的始终是一颗温热的心。

我读汪曾祺的作品，读到九月的果园"像一个生过孩子的少妇，宁静、幸福，而慵懒"。就是他在"劳动改造"的日子里，居然奉命画出了一套《中国马铃薯图谱》。他画一个整薯，还要切开来画一个剖面，画完了，薯块就再无用处，于是随手埋进牛粪火里，烤烤，热腾腾地，香喷喷的，吃掉。大多的时候，他多是置身清丽澄明的小溪边，观鱼游虾戏，听流水潺潺，悠悠地哼唱着小曲……他的笔下，无论是其间的一片叶，一根草，一株树，一条河流，一潭池水，甚至一颦一笑、一言一语、一招一式，常常撒落一片温馨恬静，让我一往情深。我总觉得，有无边无际的阳光温暖着我，无边无际的温暖包围着我，十分美好。

汪曾祺多写童年、故乡，写凡人小事，想必他是发现了自己身边的"凡人小事"之美。美在身边，美在本分，美在质朴，美在心灵。许是原汁原味的"本色艺术"或"绿色艺术"，方能创造真境界，传达真感情，引领人们到达精神世界的净土。他也记乡情民俗，谈花鸟虫鱼。他爱好书画，乐谈饮食、茶话和医道，他记菜谱，谈掌故，写"野史"，对戏剧与民间文艺也有深入的钻研。大家知道，久演不衰的样板戏《沙家浜》，就是他写的经典唱词。

汪曾祺的本性中既有深深的草木根，也有较深的文人气。他在给《戏联选萃》一书所作的序中，颇欣赏贵阳江南会馆戏台前的一副对联："花深深，柳阴阴，听隔院声歌，且凉凉去；月浅浅，风翦翦，数高楼更鼓，好缓缓归。"四十年后，他还是不忘昆明的雨天，曾写了一首诗送给朱德熙："莲花池外少行人，野店苔痕一寸深。浊酒一杯天过午，木香花湿雨沉沉。"装裱好，挂在墙上。斯人已去，湿甸甸中的香气，触手可及。

人兴则草木兴，水长若日月长。有一个读者在读过我的乡村散文后，曾作如是感叹：这些隐在乡村杂木中的佳木和花朵，被作者轻轻地举过头顶，向所有热爱生活的人们展示美丽。生活一词，在这里很淡很诗意，淡到若有若无，浅到清纯见底。作者的笔落在乡间，乡间不开花也难呀！我当然知道，于我是愧领了，说汪老则是吻合了。

汪曾祺为文从艺，向来随心所欲，随遇而安，随随便便。他向青年作者谈起文学来，也是拉家常一般，冲淡，平和，风趣。他说："我所追求的不是深刻，而是和谐。"他还说，无技巧便是最大的技巧，无结构便是最好的结构。他尤其向往苏轼的"如行云流水，初无定质，但常行与所当行，常止于所不可不止，文理自然，姿态横生"。他也特别看重语言，他说"语言像树，枝干内部液叶流转，一枝摇，百叶摇。语言像水，是不能切割的"。他的语言是干净的，干净到不能增一字，亦不能减一字。他的语言更是有音乐节奏的，抑扬顿挫，如歌行板。

汪曾祺就是这样，一边写着素淡文章，一边喝着浓浓的烈酒。这种状态，旁人往往是无法体会的，我却深知个中三味。"巴根草，绿茵茵，唱个唱，把狗听。""牵牛花短命。早晨沾露才开，午时即已萎谢。秋葵也命薄。瓣淡黄，白心，心外有紫晕。风吹薄瓣，楚楚可怜。"悠悠人间草木情，道尽世间沧桑。浓淡两相宜，愈浓时愈淡。有道是：墨愈淡处偏成浓，色到真时欲化云。正是这样，有人这样评论汪曾祺的小说："初读似水，再读似酒。"

他的最后一篇遗稿，是为未完成的《旅食集》写的题记。他在这篇题记的末尾中写道："活着多好呀。我写这些文章的目的也就是使人觉得：活着多好呀！"是的，活着是高高的山，是长长的水，是开不败的花朵，是盛长的草木，是纯净的阳光，是清新的空气，是天上的白云，是地上的泥土，是和谐的世界。

这时，我倏忽想起他的《葡萄月令》里的一段话："一月，下大雪。/雪静静地下着，果园一片白。听不到一点声音。葡萄睡在铺着白雪的窖里。"

世界无声，天地皆白，葡萄睡在铺着白雪的窖里……

永恒的背影

早年读朱自清：那一汪汪的女儿《绿》，绿得粉嫩，绿得鲜亮，绿彻心扉，绿到了天边；那《匆匆》的春天的脚步近了、近了，万物复苏，大地清明；一地的《荷塘月色》中，记忆如流水般轻泻，聆听时光缓缓地流淌，一切都是那般宁静怡然；桨声悠悠、灯影幢幢，《桨声灯影里的秦淮河》，咿咿呀呀，咿咿呀呀地，摇进了岁月的深处……我总是感觉到美，好美，美得化不开！

读着朱自清的时候，我往往是，一本书，一张椅，一杯茶，一缕阳光，静静地一坐就是一个下午。读先生的《背影》之后，脑子里总是父亲送别儿子时攀爬月台时背影的蹒跚和皮大衣上晃眼的橘子的金黄。父爱如山，普天下的父亲总是那么平凡而又伟大。正如高尔基所说的一样：父爱是一部震撼心灵的巨著，读懂了他，你也就读懂了整个人生。但凡读过先生《背影》的人，仿佛都看到了自己父亲的背影，泪水不禁模糊了双眼。我没有见过先生的父亲，但我知道与我的父亲给我的父爱没有两样，他转身离去的背影是那般的真实、亲切和高大。我也没有见过先生，依稀中我看见先生就像一个忠厚笃实、稳健谦逊、诚恳亲切的兄长一般。

一次我被邀请去一高中讲读美文，在学生中做了一个"你最喜爱的十篇课文"问卷调查，高居前二位的竟都是朱自清的——《荷塘月色》、《背影》。于是，我就大讲特讲先生作品的美。我说，美文之美，在自然，在意境，在亲情，在语言；美文之美，美在简约、素淡，美在工巧、细致。从不喜欢下断语的我，那么斩钉截铁地说：朱自清先生的散文无疑树立了白话美文的典范！我还援引郁达夫的定论："文学研究会的作家中，除冰心女士外，文字之美要算他了。"

及至中年，再读朱自清，尽管我还是觉得美，我却觉得先生之美，更是一种人格之美，情操之美，亲情之美，大气大义大爱之美。

先生是个平和谦逊的人，更是一个谨慎认真的人。先生以教书为生，求知不断，进取不止。先生教学，从不敢有丝毫的怠惰。他每次上课前，总是一而再再而三地，准备又准备，把教案预习预习再预习。尽管教案已很详备，内容熟烂于肚，学生期盼渴望已久。可每每走在去教室的路上，他还是一边走，一边哗啦啦地翻着教材和教案，一脸的严肃和认真。先生自北京大学毕业后，无论是在浙江省立十中、杭州一师，还是在清华大学、西南联大，教了30多年书的他，一直就是那样认真，认真到自己把自己搞得很紧张，认真到自己常怕自己出一丁点儿的错。先生在清华大学任文学教授20多年，拖病15年，备课总是无一丝马虎，一笔不苟，工整清晰，见不到半点涂改增删。先生教学生，全身心地教，尽自己最大的可能，给学生最多最好的。

记得台湾作家金溟若回想起当年在浙江省立十中读书时，找到当时不教国文的朱自清先生给他补习国文，仅仅三十岁的朱自清，把一本薄薄的《辛夷集》讲了近三个月。先生教学认真，他是怕自己万一教错了，是人家一辈子的事。后来，这位金作家说自己对文字的运用和艺术境界的把握，很是得益于先生。尤其先生的一句话令他终生铭记于心，先生说："文字的运用和艺术的境界是国际性的。"

先生对文字是极其敬畏的，他一天最多只写"五百"字。不像我们现在所谓的"大作家"洋洋洒洒、泥沙俱下，一天一万字，甚至还多。先生对文字的敬畏由来已久，敬畏到一字一句，一个标点，一个符号，甚至文章长短肥瘦，甚至起承转合，分行空格。就连先生的信札也是如此，工整秀美。

据郑振铎回忆，他当年请先生帮他的《文艺复兴》写稿，先生寄了一篇《好与巧》的稿，但没过几天，先生又是一封快信直达，说还要修改一下，让郑振铎把原稿寄回给他。在今天看来，也许先生的认真和对文字的敬畏，在某些人眼里是一种死板。我却坚定地认为，只有对文字存敬畏之心的人，才会对人对己对社会对国家高度负责。

先生一面教，一面学。每到一地，无论风俗人情，世态物理……事必躬问，不断请教，不断求知。他常对学生说："给我以时间，我要慢慢地学。"他还总是说他"走在一条新的路上"。正如好友许德珩挽先生联"教书三十年，一面教，一面学，向时代学，向青年学，生能如斯，君诚健者；存留五一载，愈艰苦，愈奋斗，与丑恶斗，与暴力斗，死而后已。"

很多人只知道先生是散文大家，是教师，是学者，其实他也是中国现代最优秀的诗人之一。先生有血有肉的性情、铮铮之铁骨和挣扎向前的精神，构成他的长诗《毁灭》的基调。诗的结尾处写道："从此我不再仰眼看青天／不再低头看白水／只谨慎着我双双的脚步／我要一步步踏在泥土上／打上深深的脚印！"我读此诗时热血沸腾，心潮澎湃。

那些年里，国难当头，人人有责。先生常常和他的学生加入游行请愿的队伍中，用他那高昂的语气说："日寇侵略我国，国家已到危急存亡之秋，青少年应有爱国家、爱民族、爱自由的伟大志气，现在刻苦学习，将来担负起挽救国家、民族的伟大使命，收复失地，誓雪国耻……"其实，先生年少时陪父亲养病住在扬州史公祠内，长达一年多时间，史可法英勇抗清、宁死不屈的故事，早已深入他的骨髓，融入他的生命和灵魂。

1935年，先生参加"一二·九"学生游行，反对国民党当局对日本侵略的不抵抗政策。1936年11月，作为清华大学教授代表，先生和学生代表们一起，远赴绥远，慰问抗日战士。全国抗战爆发后，1937年先生任西南联合大学中国文学系主任，坚决反对日本帝国主义对中国的侵略，进行抗日救国的宣传。诚如斯，在那个战火纷飞的年代，在长江南北，在黄河两岸，先生和那些有良知的文人的身影，与四万万同胞一样，凝聚着整个国家的温度。

抗战胜利后，先生在知道闻一多身亡的消息的当天，他在他的日记中发出了这样的愤慨："此诚惨绝人寰之事。自李公朴被刺后，余即时时为一多之安全担心，但绝未想到发生如此之突然与手段如此之卑鄙！此成何世界！"他在《悼一多》中这样讴歌："你是一团火／照彻了深渊／指示着青年／失望中抓住自我／……你是一团火／照见了魔鬼／烧毁你自己／遗烬里爆出新中国！"……闻一多为民请命遇难之后，先生难掩心中的愤慨和悲痛，他还需要前行。他抱病花了整整一年的工夫，编辑出版了300多万字的《闻一多全集》。先生"不负死友"，让这位"时代鼓手"的诗歌激励着人民勇往直前。

先生后来患十二指肠溃疡，痛不可当，终因无钱医治贫病交加而去世。先生在临终前嘱咐家人："有一件事必须记住，我是在拒绝美援面粉的声明上签过字的，你们即使饿死，也不要买它！"先生是在抗战胜利三年后去世的，其实他何尝不是为抗战而牺牲的。先生是悲愤的，更是正气凛然的。先生用生命诠释了一代文人的风骨和大爱。

毛泽东在《别了，司徒雷登》一文中写道："闻一多拍案而起，横眉怒对国民党的手枪，宁可倒下去，不愿屈服。朱自清一身重病，宁可饿死，不领美国的救济粮。""我们应当写闻一多颂，写朱自清颂，他们表现了我们民族的英雄气概。"先生九十和百年诞辰时，江泽民两次题诗："高风凝铁骨，正气养德行。清淡传香远，文章百代名。"盛赞先生的清芬正气和风骨美名。

有人说，文人有风骨才是真文人，教育家有良心才是令人敬佩的教育家，平凡人怀有平常心不枉平凡人。我说，先生就是。

先生——

一个真诚的人。

一种完美的人格。

一个永恒的背影。

这，就是朱自清先生留给我们宝贵的精神财富。

长河不尽流

从文天地间；长河不尽流。

人生长河，岁月静好；生命流注，无有阻隔。

也许是一种巧合，也许是一种使然，很多作家的一生都是与水结缘。汪曾祺就说过：高尔基沿着伏尔加河流浪过。马克·吐温在密西西比河上当过领港员。沈从文在一条长达千里的沅水上生活了一辈子。二十岁以前生活在沅水边的土地上；二十岁以后生活在对这片土地的印象里。汪曾祺自己，怀想的又何尝不是一个"水做的高邮"呢？他坦诚地说："我的家乡是一个水乡，我是在水乡长大的，耳目所接，无非是水。水影响了我的性格。也影响了我的作品的风格。"于是，我甚至断想：作家往往都是水质的，水行千里，精神之河汩汩向前。

通过长长的时间，通过遥遥的空间，让另外一时另外一地生存的人，彼此生命流注，无有阻隔。沈从文做到了。他的《边城》，他的《长河》，他的《三三》，他的《萧萧》，他的《贵生》，他的《丈夫》，他的《湘西》，他的《湘行散记》、他未完的《从文自传》……他以"乡下人""边缘人"自谦的态度和诚恳，他如水一般柔软和强韧的文字，还有他作品中彰显的独特性、地域性、和谐性和人性之美、生命之思，以及他总是不断地在修改、完美着自己的"习作"……正是这样，他和他的作品正一步一步走向世界，岁月流传，墨香依然。

尽管今天看来，这一切都是那样水到渠成，自然而然。可是，中华人民共和国成立后的一段时间内，文学史家绝口不提沈从文。全国的首届文代会上，大家见不到他的身影。会后，巴金等好友去看望他，见到他，他依然是一脸的微笑，问起大家的创作和生活近况，关心和友谊之情溢于言表。巴金在后来的忆文中，他隐约感觉到从文微笑背后的痛楚和孤寂。后来，一位位高权重的人物又把沈从文发配到历史博物馆当讲解员去了，这样，从此剥夺了他从文的权力。

对先生的不公平，对先生的呵斥，对先生的责难，现在看来是可笑的。先生被批斗过，打扫过卫生，洗涮过厕所，苦过，累过，难过。30余年的排挤、冷落、打击、停印乃至烧毁他的著作，遭受过非人的待遇。但他一直没有趴下过，他是顶天立地的"乡下人"——他有着自己独立的人格、勇气、骨气和无比坚强的性格，他拥有宽厚、仁慈、正直和真诚的心。

历史最终是公平的。先生把名利看得很淡很淡，后来他却声名鹊起；先生从不欠别人什么，别人却总是觉得欠他很多很多；他不求闻达，闻达自至。大家都知道，先生作品的魔力和精神的影响是任何权力——哪怕是最高权力也望尘莫及。后来，沈从文在接受香港记者采访时，说了一句值得许多人思索的话："我不大相信权力这个东西，我相信智慧。"那时，他的回答是平静的，他的脸上带着温和的微笑。他是笑到最后的一个人。

是的，那些年里，他没有消沉，从不肯浪费时间。他当讲解员时，无暇用餐时，常以饼干充饥。一个人在那冷冷清清的博物馆里，在那灰尘扑扑的故纸堆里，专心致志，废寝忘食。据不完全统计，"三反""五反"

期间，他一个人清点文物达80万件之多。一个人在"风雨交加"的傍晚，形单影只，去往琉璃、东安市场、隆福寺一带，收集和鉴赏文物。如此，一干就是30年，一系列研究中国文物的学术著作填补了一项项空白，如《中国丝绸图案》《唐宋铜镜》《明镜》《龙凤艺术》等。尤其，他那本《中国古代服饰研究》的巨著，对于中国文化史研究来说，无疑，如日月之辉，乾坤之水。

在那样的年代，只有他，把时间看得尤为金贵。"不要浪费时间。"他对自己说，也对朋友说。对老朋友也是如此，他不止一次对巴金说，对靳以说，对萧乾说。有许多得到他帮助的青年才俊去他家里，离去时，他也总是不忘叮嘱一番：不要浪费时间！……然后，微笑着看着他们一个个远去。

后来，情形愈来愈不好，没有人再敢去他那里。他和整个世界隔绝了。他仍然牵挂着他的朋友们，一封封长信捎带着他的关心和祝福，去往一个个黑暗的角落。他不能带给他们更多的光明，但还是把自己仅有的温暖传递给他们。他挥动着细细的毛笔，舒卷如水的章草，随着密密麻麻的长信，夜宿于山，日行于水，山一程，水一程，传达着他的平静和信心。

从现有的资料来看，沈从文的去世，出奇地平静，报刊和广播上都没有片言只语。唯一能找到的，是当时中国社会科学院历史研究所的一份简单到不能再简单的讣告：沈从文同志因病于1988年5月10日晚8时35分在家逝世，享年86岁。为尊重沈从文同志生前愿望和家属要求，丧事从简，不举行任何悼念仪式。特此讣告。

沈从文走了，如水一样，复归平静，无声无息。

就是在这种情形下，还是有很多的人不约而同地赶到他的家里。看到他躺在那里，像熟睡一般，十分平静。每个人手中拿着一朵月季，走到老人跟前，缓缓地行礼，然后将一朵一朵的月季花平放在他的身边……霎时，有一种幻象：老人与花好像是浮在平静的水面上，缓缓地向岁月深处流去。

回光溯流。他应该记得沅水上的水鸟、水鸭、渡船、吊角楼，他应该不会忘记家乡的水牛、水碾、水车、水桥、水磨，还有那碧澄的水，葳蕤的山，善良的老船夫，情窦初开的翠翠，忠诚的老黄狗，甚至还有落水为妓在船上"做生意"的女子……更有一个水汽氤氲在天地间的艺术世界——"贵生在溪沟边磨他那把镰刀，锋口磨得亮堂堂的。手试一试刀锋后，又向水里随意砍了几下。秋天来溪水清个透亮，活活地流，许多小虾子脚攀着一根草，在浅水里游荡，有时又弓着个身子一弹，远远地弹去，好像很快乐。贵生看到这个也很快乐。"

先生看到这一切，一定感到特别亲切，一定兴奋不已，立马会情不自禁地赞叹："米（美）极了"，"真米（美）呀"！当然，这时，他那惯有的"乡下人"的微笑，一定会洋溢在他平和的脸上。

是的，他笑了，还是那一如既往的微笑。就是在那被戴上"无灵魂、无思想的'粉红色'作家"的"封号"时，他的微笑也依然是那样的真诚，那般地童心未泯。保留一颗纯真的童心，再大的风雨终将会过去，再黑的夜晚终将会迎来黎明的曙光。他温和的笑，来自那个世外桃源的边城，来自一个个水边的村落，来自一个个水上人家，来自吊角楼上一双双水灵灵的眼睛。所以，他笔下的人物，总是那样安详，和谐，善良。

水中着盐，饮水乃知。事实上，他到大都市呆了快60年，他还像一个原封不动的乡下人，他离不开他的乡下，他忘不掉那一个个可触可摸、可爱可怜、有血有肉、有情有义的乡下人。

先生很坦率地说：我实在是个乡下人。说乡下人我毫无骄傲，也不自贬。乡下人照例有根深蒂固永远是乡巴佬的性情，爱憎和哀乐自有它独特的式样，与城市中人截然不同！

乡下人自是不同于一般的文人雅士。先生在一首旧体短诗《漓江半道》中这样地描绘：绿树蒙茸山鸟歌，溪间清润秀色多。船上花猪睡容美，岸边水牛齐过河。难怪，当年荒芜大加赞叹，说以猪、牛入诗，且诗情画意，前无古人呀。不过，我读起来，却还是读到先生的童心、纯净和美好。当然，还有一份浓浓的思乡情。也许，先生在吟咏间，真的是回到了自己的童年，潜入了梦中的故乡。

超然绝尘想，寄怀水云乡。诚如他的学生汪曾祺所说，沈从文一生没有离开过他的湘西，日思夜想他的沅水，与水流长。1982年，和着春天的脚步，已是八十高龄的沈从文最后一次回到家乡。他和乡亲们顺沱江泛流而下，一路看不够岸畔的水碾、吊脚楼和满目的青山。上岸后，微笑着的他与夫人张兆和立于水边合影留念，久久不忍离去。

此时，我的心情，正如先生在《湘行散记》中写到的一样："望着汤汤的流水，我心中好像忽然彻悟了一点人生。同时又好像从这条河上，新得到了一点智慧。山头一抹淡淡的午后阳光感动我，水底各色圆如棋子的石头也感动我。我心中似乎毫无渣滓，透明烛照，对万汇百物，对拉船人与小小船只，皆那么爱着，十分温暖地爱着！"

数年后，先生水随天去。放眼沅水千里，水天之白未尽。他的三妹张充和、三妹夫傅汉思发来唁电：不折不从亦慈亦让，星斗其文赤子其人。好友施蛰存挽先生联曰：沅芷湘兰，一代风骚传说部；滇云浦雨，平生交谊仰文华。瑞典文学院院士、诺贝尔文学奖评委马悦然感叹不已："他的价值是，包括鲁迅在内，没有一个中国作家比得上他。沈从文是20世纪中国最伟大的作家。越是知道他的伟大，我越为他一生的寂寞伤心。"

那一年，先生在国内是平静地离去。然而，在海外，却到处急传巨星殒落的电讯。后来知道，当年的诺贝尔文学奖本来将与中国结缘，与水结缘，与乡下人结缘。先生的去世，令诺贝尔文学奖评委们一个个怅然长叹。是的，如果说先生因去世没有获得诺贝尔文学奖是一个遗憾，倒不如说这是诺贝尔文学奖的一个遗憾！

乡里后学颜家文在香港的《大公报》上读到先生逝世的消息后，立马给他的夫人张兆和写了一封短信，信中说："沈先生的去与他的来，他的一生都是和谐统一的。在这个世界上，他从来就无意于争求什么，无意于喧哗什么，只是默默地做着自己的事业。他得到的是最多的……"

先生是什么？是水芝，水仙，水竹。水有水德，先生如是。

水是什么？《说文解字》有注："水，准也。北方之行。象众水并流，中有微阳之气也。"

南怀瑾说，一个人如要效法自然之道的无私善行，便要做到如水一样至柔之中的至刚、至净、能容、能打的胸襟和气度。

正是如此，《老子》有训，一个人的德行要像水一样"与善仁"，一个人的心境要像水一样"心善渊"，一个人立身处世要像水一样"正善治"，一个人的言行要像水一样"言善信"，一个人的行为要像水一样"居善地"，一个人把握机会要像水一样"动善时"，一个人做事要像水一样"事善能"……李白有诗："观心同水月，解领得明珠。"现在想来，先生一定是早有所感、早有所悟，心如明镜、心如止水。

水光山色与人亲，说不尽，无穷好。水远山长，秋芳草又生，长河不尽流……